〔ミラクル新書版〕

孤独ぎらいのひとり好き

田村セツコ

興陽館

孤独ぎらいのひとり好き

孤独のいいところは、
静かに落ち着く、ってとこです。
わたしは孤独は嫌いだけど好き。

さみしい、って思うことってありませんか。

さみしさは急にやってきます。

ひとりぼっちだからさみしいの？
たくさんの人がいるほどさみしい。
わかりあえないから・・・・・。
さみしいから
孤独を感じるから人にやさしく出来るかも。

ひとりは好きだけど
ひとりでいたくない。

孤独であっても大丈夫なように自分を躾けるの。

みんな孤独なの。
だいじょうぶですよ。

孤独をきらわないでね。
つよい味方になってくれるから。

あなたが、
さみしいとき
かなしいとき
つかれたとき
いっしょにいてくれる本があればいいな、
そう思ってこの本を書きました。
よろしくね。

田村セツコ

〈まえがき〉

孤独ぎらいのひとり好き。
孤独ぎらいのひとり好き。
つぶやいてみると、
どういうこと？
意味わからなーい。
孤独はきらい、でもひとりが好き。
これって、わがまま？

SETSUKO♡
TAMURA

でも正直みたい。
とりあえず中を
読んでみましょうか。

ぬ
ぬ。

ふふ

孤独ぎらいの
ひとり好き
新書版が
できました!!
うれしい
でーす!!

はじめに　さみしくなったらこの本を読んでみてね

さみしい、とふとあなたは感じるときはありませんか。

孤独、というのは突然、思いがけないところから入ってきますよね。


自分がひとりぼっちでさみしくて仕方がない。

まわりの誰とも心がうちとけられずに、信頼できる親友と呼べる人がいない。

グループのみんなから浮いてしまう。誰からも理解してもらえない。

今いるここが自分のいる場所だと思えない。

たくさんの人が周りにいても、誰もそばにいなくても、孤独感というのは、誰もが感じているみたい。

わたしは、ずっとひとりで絵を描いて暮らしています。

絵を描きながら孤独だなあ、と思ったり、さみしさについて考えたりもしてきました。

キラキラと輝いていた若い頃も賑やかさのなかに孤独感がありました。

お正月になって、新しい年が明けて、いろんなことが始まっていくそんなときにポツンと取り残されたような不思議なさみしさを感じていました。

20代のころ、会社を辞めて、イラストレーターの持ち込みを始めた頃、オフィス街を颯爽と闊歩するサラリーマンやＯＬの皆さんを横目に見ながら、自分ひとりだけがとり残されたような気持ちがしました。

そんな瞬間、心にぽっかり穴が空いたようにさみしかったのを覚えています。

なぜそんな感情が起こるのか、きっと「さみしさ」というものはそういうもので、それが「さみしさ」というものの不思議さなのかも。

さみしさは得体の知れないものだから、いつさみしくなるのか、誰にもわからないんですよ。

ただ、いつもさみしかったみたい。

そんなわたしももう80歳を過ぎて、父も母も多くのお友達も逝ってしまいました。
あの人もこの人も、大切だった人たちの多くがこの世の中には存在しません。
そして、わたしは今もひとりで絵を描いて暮らしています。
老いの孤独？　たしかにひとりで過ごす時間は若い頃より増えていますが、年をとった分だけ孤独と仲よく寄り添う方法を知っているのか、少女時代よりも孤独をたのしんでいるような気がしています。

人間関係の難しさからつくづく孤独は嫌いだな、と思ったり、ひとりでいることが大好きって思ったり、自分ながら勝手なものだなあ、と絵を描きながら孤独って不思議なものねと考えたりしています。

同じようにみなさんもそれぞれの「孤独」と向き合っているんじゃないかしら。

それは、若いからとか年をとったからとか友達がいるからとか結婚していないとか家族がいるとかいないとか、そういうことじゃなくて、この世に生まれてきたら、すでにそのとき広い世間に出てきたわけだから、さみしいとか孤独感っていうのは当たり前にそこにあるのではないかと、わたしは思うのです。

みなさんの顔や性格が違うように、十人十色、みなさんそれぞれの孤独があります。

この本ではわたしやわたしの周りの「孤独」について、例えば孤独についての悩みや、孤独を乗り越える方法、ひとりが大好きになってたのしむ方法なんかを思いのままに書いてみました。

大勢の人のなかでも「孤独」を感じるあなたへ。ひとりぼっちだと思うあなたへ。

人は誰でも生まれたときからたったひとりだから。

孤独ぎらいのひとり好きなあなたへ。

たったひとりのあなたにこの本を書きました。

心を込めて——。

［ミラクル新書版］孤独ぎらいのひとり好き

もくじ

第1章　なぜ孤独だとさみしいの？

第2章 友達って必要なの？

第3章 人づきあいは大変！

第4章 みんなの孤独

第5章 老いと孤独

第6章 ひとり絵のすすめ

第7章 ひとり時間のたのしみ方

第8章

ひとりで生きること

Le Petit Prince

第1章　なぜ孤独だとさみしいの？

孤独には二つの面がある

孤独になったときどうなるのか、っていうと、人間ってほんとうに矛盾した生き物だから、孤独はさみしいからいやだっていう気持ちと、たくさんの人と会っておしゃべりしているよりもひとりでいたほうがたのしいという気持ちと、二つの感情が混じりあって出てくるんじゃないかと思います。

さみしさは嫌いだけどひとりでいることも好きなんですね。

孤独ぎらいで、同時に孤独が好きっていうか、相反する気持ちが同時に沸き起こる。

あなたもそうじゃないでしょうか。

そういえば以前、こんなことがありました。

わたしのイラストについての講演会が終わったあとで、20代ぐらいの若いカップルの二人に、「セツコさんの次の本はどんな内容ですか」って聞かれたんですよ。

わたしは「孤独ぎらいのひとり好き」ってテーマを考えているって言ったのね。

（その本は、『孤独をたのしむ本』というタイトルで出版されました！）

そうしたら、二人ともまったく同時に、「あ、それ、私のことです」って言ったんです。それも呟くようにそれぞれが口にしていたんです。

自然に自分の気持ちが漏れだしているようでした。

仲よさそうに見える二人から意外な反応があって、すごく驚きました。

「えっ、そうなの？　あなたたら、そんなに仲よさそうなのに？」と聞いたら、女の子も男の子も二人ともなんのためらいもなく、「孤独は、嫌いだけど好きです」だって、そう言うんです。

これ、すごく印象的でした。

本当に人間って矛盾していて、欲張りで、両方ほしいのかなって思いました。

あなたは孤独が嫌い？

孤独って、いやだと思うとどこまでもいやだけど、素敵って思うと素敵に思える不思議なもので、まったく矛盾しているけど、そういうもの。

だから、孤独というのは曲者で、素晴らしい宝物でもあり、危険な贈り物でもあると思うの。自分次第で、どういうふうにも受け止めることができるのよ。

いわば毒があるけれど、美味しいご馳走みたいなもので、あなたの料理の腕にかかっているってことなのね。

あなたも、あまりひとりになりたくなくて、SNSやツイッター（X）で、誰かとつながっていたいという欲求が強いんじゃないかしら。

この気持ちって、基本的には誰でもそうなんですよ。

ひとりが怖くて他人とのつながりで時間を埋めていくんですね。

でも、人とつながっていたいって思っても、それにはキリがないですよね。

どこまでいっても人はひとりだから。

やっぱり、自分で自分の面倒を見られないとその先が辛くなってきます。

自分自身とつながってみる、ということが大事。

自分で自分の友達になってみる。人とつながることばかり考えて、人に期待しすぎるといつか必ずがっかりするときが来ますよ。

つながっているたのしさを求めるだけじゃない。

ひとりでもＯＫなように自分をかいならしてあげる。

ペットみたいに、自分で自分をならさないとダメです。

ひとりでもＯＫ、友達がいてもＯＫとなったらそれは無敵ですよね。

両方たのしいって思えたら最高です！

さみしくてたまらない午前3時には

突然、孤独が押し寄せてきたら、「これが昔から言われている孤独っていうものか」って、とりあえず受け止めてみるの。

さみしくてたまらない、誰かがそばにいてほしい。

夜が明けるちょっと前の午前3時頃に、そういう気分になるときってあるんですよね。

だけどまあ、わたしくらいの年になったら、けっこうすれっからしだから、そういうときって、どういうふうに考えるかっていうと、「こういう気分って、自分ひとりじゃないと思うわ。世界中にいっぱいいる」と考えるわけ。

「こういう気分の人って、家の近所にいるだろうし、東京にいっぱいいるだろうし、日本にいっぱいいいるだろうし、世界にいっぱいいいるだろう」「わたしひとりじゃないわ」って納得するんです。

誰にでも〝午前3時〟はありますと、『赤毛のアン』の作者のモンゴメリも言っているそうです。

そうすると、そういう孤独を感じている未知の人たちが、みんな友達みたいな感じになる。「ああそうだ、もうひとりじゃないからね」ということがわかる。

孤独を感じないっていう人はいないから、孤独を認めて「いやあ、孤独はいつも感じてますよ」って言ったら、すごくお洒落な感じね。カッコイイんじゃない？

孤独っていうのは何？

子どものときは、孤独っていうものを理解できなかったんです。

さみしいと感じることはあっても、孤独と結びつけることはなかった。

大人になって知ったのは、芸術的な人は、音楽家でも作家でも、みんな、テーマが孤独だと言っているということでした。

フランスの流行作家でも、フランソワーズ・サガンなんか、インタビューで「人生は孤独な出来事にすぎない」って言ってたから、孤独って何だろうって思ったんです。

そもそも、お母さんのお腹から生まれて、ヘソの緒をチョッキンって切られて、裸でポンッて外に出されるわけよね。「これから生きていきなさい、あなたの人生が始まりますよ」「Good Luck！」っていう感じですよね。

だから、ヘソの緒を切られたときから、誰でもひとりぼっち。まるごとひとりで世間に出てきたって感じ。「裸で生まれ裸で死ぬ」「眠りに始まり眠りに終わる」ってピシッと効く言葉を聞いたことがあります。

なので、孤独でさみしいというのは、誰でも平等にあるものだと思う。

それで、やっぱり孤独をたのしむってことは、すごく難しいってことになっている。

ショーペンハウアーの言葉に、「早くから孤独に馴染み、孤独を愛することができた人は、金鉱を手に入れたようなものだ」というものがあります。

だから、孤独をたのしむっていうのは、本当にどんな人でも難しくって、それができるようになったら、巨額の財産を手にしたようなものだって言われると、そんなに難しいことだったら、頑張って孤独をたのしもうとするのがいいわよね。

孤独ぎらいのひとり好き

わたしは孤独は嫌いだけど好き。

若いときは、孤独は嫌いなだけだったのかもしれません。

自分ひとりが悲しくてさみしくていつも損してると感じていました。

それが、なぜか大人になったら、逆に孤独っていうのは自分に寄り添ってくれている味方だと思えるようになりました。

孤独っていうのは世にも不思議なもので、みんながテーマにしてわかろうわかろうと思っても、正体をばらさない不思議な生き物です。

ある意味プレゼントっていうか宝物みたいですよね。

心の免疫力をつける、抗体ができるってことかしら。

だから孤独と仲よくできればラッキーだと思います。

若くても年をとっていても、男でも女でも全然関係ないんですよね。

孤独のいいところ

孤独のいいところは、静かに落ち着くってとこです。

好みの問題だから、ぬくもりが好きな人はそうじゃないかもしれないけど。

静かな自分だけの時間、自分を深めていけるのはとても贅沢なことです。

孤独な心地いい時間をもっと大切にしていきたいですよね。こんな幸福も手に入れることができたら、カッコイイです。ハードボイルド味をミックスできますね。ふふ。「たのしみは能力のしるし。自分で作る幸福は決して裏切らない」という言葉を聞いたことがあります。

さみしさは突然やってくる

いつどんなときにさみしい気持ちが訪れるのかってことはわからない。計り知れないわけです。

予定していないときにふっとさみしくなったり、賑やかなパーティーの最中にそうなったり、電車に乗ってるときとか、それから人と会ってるときだってふいにさみしい気持ちになりますよね。

ちょっとホッとしたときに、突然、さみしくなります。

さみしいから誰かに「わたしさみしいから、相手になってお話しして」なんて言わないですよね。

相手にも負担になるし、さみしさを全開にしている人に人は寄っていかないですね。

さみしさに耐えられるように自分でトレーニングするしかないんです。

さみしさとか孤独感っていうのは、自分を強くしなやかにするためのトレーニングです。すごくさみしいときって、ああ、こういう経験をしてだんだんしなやかに強くなれるのかもしれないって、こういうふうに思うわけ。

孤独からは逃れられないんですよね、孤独を嫌いだと思って逃げたりするといつまでもくっついてくる。もっともっと孤独になっちゃう。だから孤独なときっていうのは、この孤独を撲滅しようって思うよりは、孤独に寄り添って生きていこうとするのが正しい。ちょっと言い過ぎかもしれないけど、孤独と仲よくなるっていうこと。仲よくするっていうのはね、生きていく上でとてもいい考え方ですよ。

さみしさの正体とは

さみしさっていったいなんでしょうか。

さみしさが沸き上がってくるのはどんなときなのでしょうか。

テンションが上がったり下がったりで、気分で「アップした」とか「ダウンした」とか言うけど、それには体の問題もあって、運動不足とか熱があるからとか、うつ状態だとか寝不足だとか、そういうことが心にすごく影響するんですよ。

感情には波があるので、アップダウンがあります。

それこそが生きてる証拠、その波がなかったらタイヘンです。

平らな一本線だったら、もう、息をしていないってことですよね。

パリ市の紋章の「たゆたえども沈まず」のように、波にゆられても沈まずに生きて

いきたいですね。

若さと幸せは比例するの？

若さと幸せは比例するのでしょうか。わたしはそうは思いません。

自分が若かった頃を振り返ってみると、はたして幸せだったのだろうかと思います。大きいものから小さいものまで、もう悩み満載で、孤独感もものすごくありました。

年上の人からすれば、まだ若くていいわねと言われるけど、本人は幸せをつかみ損ねた子羊のよう迷っている。そんな若い女性はたくさんいます。

だから、若さイコール幸せ、年をとることイコール不幸せという錯覚《さっかく》を早く取り除くことです。姿の若さよりも、内面的な充実に目を向けること。

この充実感というのは、コラーゲンみたいに外から注入はできません。自分自身が生活の中から得ていくしかないのでは？

「ぼっち」は魅力的！

ひとりぼっちとか孤独っていうのを、若い人は今、「ぼっち」って言うんですよね？「わたし、ぼっち」とか、自虐的に言ったりするんですって？

「ぼっち」になりたくないってあなたは強く思うのかもしれないけど、「ぼっち」っていうのはチャーミングってことだと思うの。

「わたしは『ぼっち』じゃない」って言う人は鈍感なのかもしれませんね。「ぼっち」という言葉からは、チャーミングな響きがします。「ぼっち」じゃないとチャーミングじゃない。魅力に乏しいんじゃないかしら。

昔、少女雑誌の『なかよし』とか『りぼん』の読者コーナーで、ひとりぼっちだとかさみしいっていう相談を時々いただきましたが、そういう質問に対しては、「無理やり友達を作る必要はないのよ」って答えていました。

ひとりでたのしむ方法を見つけないと、いくつになっても「ぼっち」はついてまわるから、若いときにそういうことに慣れて、「ぼっち」にめげない技を身に着けたほうがいい。

そういえば、サンリオで『ひとりぼっち』という本を作ったことがありました。「ひとりぼっちでも、歌いながら歩いて行きたい」っていうトビラを描いたのを覚えています。「シャンソンを口ずさみながら歩いて行きたいわ」って。

中はね、恋愛をテーマにしていたわ。恋をしたときは、喜びとかジェラシーが現れて、いろんな恋のお天気模様になる。晴れたり曇ったり。そういう中で、さみしいけど泣いていないで、ハミングしながら生きていきたいっていう内容でしたね。

名作の主人公たちもひとりぼっち

そういえば名作の主人公たちは、みんなひとりぼっちですよね。

みんな、何も頼るものがないってところから人生がスタートしています。親族もいなくて、持ち物も友達も何もないところからのスタート。孤独そのものですよね。

『赤毛のアン』のアンや『少女ポリアンナ』のポリアンナもそうです。何もない孤独を一生懸命に、気持ちをポジティブに向けて乗りきっていきます。

物事には良い面と悪い面が考えられるから、良い面を考えるわけ。それがすごくクリエイティブで独創的で、戸籍上はとても気の毒なのに、運命に負けない強さを持っています。

作者も悩みをかかえていたんです。自分も孤独感や悩みを感じながら物語を創作していたから、同じような感性を持つ読者がいたらぜひ励ましたいと原稿に向かったんじゃないかしら。

その物語の作者自身が最初の愛読者だったかもしれませんね。

『赤毛のアン』は孤独

幼年期の両親からの愛情不足を引きずってる人はとても多い。

大人になっても引きずっていて、もがき苦しんでいる。

これを解消する方法は、といえば難しいですが、ただそれを助けようと古今の名作があるわけです。どの物語も孤独な孤児や捨てられた子を主人公にしてるんですよね。

そこから学んでほしいと作者が一生懸命書いた物語があります。

ポピュラーなのは『赤毛のアン』。

アンは孤児、みなしごなんですけど、そこからポジティブに自分を持っていって、自分で自分を鍛える。

赤毛のアンは、男の子を欲しがってる農家に間違って派遣されたわけですよね。それを知って彼女はショックを受けます。もちろん、孤児院から送られたんだけど、女の子が来ちゃったわ、うちは農作業をする男の子が欲しいのよってことになるわけです。大ピンチ、そこでアンは、「わたしってたのしもうと固く決心すればいつだってたのしめる性格なんです」ってつぶやくんです。

この本には、こんな名台詞がいっぱいあります。

訳者の村岡花子さんが、「性格」というところに「たち」ってルビを振って、「そういう『たち』なんです」っていう表現になっています。

彼女独特の強さっていうのか、どういう状況でも、たのしもうって決心したらわたしはたのしめちゃうってことで、どんな状況からでも喜びの種を見つける。アンはそういう性格っていうことで、読んでいる子が励まされます。

作者のモンゴメリ自身は、浮き沈みのすごく激しい敏感な性格だったらしくて、夫は牧師さんだけどうつ病で、なんだかやっぱり、周りはのっぴきならない状況でした。その中で仕上げた物語を屋根裏部屋に置きっ放しにしておいて、自分は新聞社か郵便局かに勤めていて、何かのときにそれを見つけて読んでみたら、「あら？　けっこう面白い！」と思って出版社に送ったっていうんですよね。

『赤毛のアン』の原題は『グリーンゲイブルズ（Anne of Green Gables）』といいます。

それがすごくヒットしたら、続編続編と注文が大変だったみたいです。

1冊目はすごくバランスが取れていて素敵なのに、そのあと、どんどんバリエーションを広げていくのって、大変なことですよね。

赤毛のアンは、彼女自身が自分を鍛えて、楽天的に持っていくようにしたんですけど、プリンスエドワード島の自然の描写が、あまりにも香しく、美しくて、そういうのも魅力的でしたね。

少女時代に読んだ本を、大人になってから読み返してみるのはなんて素敵なんでしょう。何でも信じられるあの頃の心がよみがえって、若々しいエネルギーがもどってくるみたいです。

『星の王子さま』も孤独？

『星の王子さま』のテーマは孤独ですね。著者のサン＝テグジュペリの職業はパイロットでいつも飛行機に乗っていてね、さみしい風景ばっかり見ていたんだと思います。

本当に空と雲ばっかり見ているお仕事ですよね。雲の隙間から屋根が見えて、人が住んでいる明かりが見えて。自分が孤独な空を飛んでいるから、いろいろな物語が浮かんだのでは？　なんて考えてしまいます。

中原中也にしても萩原朔太郎にしても、有名な詩人とか、みんな作品のテーマは孤独ではないでしょうか。自分が生きていく上で耐え難い孤独から、言葉を絞り出して作っているのね。

プロの詩人じゃなくても、詩人のつもりでノートに詩みたいのを書くのって、すごくいいんですよ。気持ちが落ち着きます。

人に見せるわけじゃないし、雑誌に投稿するわけじゃないんだけど、自分は詩人だと思って書いてみるっていうのはすごくいいと思う。

ものの見方が変わって世界がとても新鮮に感じられるかもしれません。初めて見るような。

Le Petit Prince
孤独な
プリンスって
ボクのこと？

幼年期のぬくもりが大事

幼年期、幼年時代の記憶は、ほんとに大切です。

そのときにぬくもりが周りにないと、ちょっと辛いですね。世の中の人は、みんな誰もが貴重な存在です。

ニュースで報道されるような事件の人も、どんな幼年時代だったのかなって想像すると、なんか胸が一杯になります。

そういう人の名前が新聞に出たりすると、意外や意外、きれいな名前なんですよね。ああこれはどういうイメージで名前が付いたのかなとか、いろいろ考えたりします。

悲しくなるくらいきれいな名前ですよ、みなさん。

ヒロインはひとりごとでできている

ふしぎの国のアリスをはじめ、名作物語の少女たちは、いつも、ひとりごとをつぶやいていることに気づきました。

「あら、これってヘンテコ!!」

『風と共に去りぬ』のスカーレットも、ひとりごとで自分を励ましています。

「そうよ、大丈夫よ。明日は明日の風が吹くわ」などなど。

翻訳家の矢川澄子さんは、アリスを「孤独な存在の代名詞」と書いてらっしゃいます。

アリスは見事にひとりぼっち。

健全な理性の持ち主として、不測の事態に素手で立ち向かってゆく。その、気の遠くなるような心細さ。その孤独のゆえに、同じような痛みを内に秘めた人びとの永遠の友人であってくれるであろう、と。次から次へと予測のつかない冒険の日々、それが人生って気がします。私はどんどん年をとっても〝白髪のアリス〟として生きていきたいです。

若いときの孤独、年をとったときの孤独

振り返ると、わたしは、若いときのほうが孤独だった気がします。若くて元気でかわいかったとき、すごくモテてたとき、それははたから見たら全然孤独じゃなく見えるわけですが、そこに不思議な逆転劇があるんです。

いつでも非常に不安定な気持ちがありました。決して満足できないんですよね。不安でたまらない。それも不思議なエネルギーの作用だから自分には原因もわからないんですよ。本人にはわからないけど若いときのほうがもっと孤独感がありました。

10代とか、青春時代っていうのはね、大人の人からは、あら元気でいいわね、たのしいでしょと思われるかもしれないけど、本人はたのしいどころじゃないんです。毎日気分が変わって、晴れたり曇ったり晴れたり曇ったり……。自分でも自分のことを、

何なんだ？　と思う。少しは落ち着いたらどうなんだと。いわゆる不安定なんですよね。

グラフにするとギザギザの折れ線グラフなんです。

逆に年をとったら、「昔はあんなに綺麗だったのに、白髪のおばあさんになっちゃって。さみしいでしょうね、ひとり暮らしだなんて」と、よその人に思われても、本人はそうでもないわけです。青春時代とは真逆で、いっぱい経験を積んで、嬉しいこともたのしいことも悲しいことも苦しいこともいろいろ経験を積んでるから、年寄りは免疫力がついています。免疫力をつけているから心の中に蓄えがあるの。余裕があるから若いときのような甘えがないんですね。

人にどう思ってもらいたいとか、ああ言ってほしいとか、どうしてほしいとか、かわいがられたいとか、もうちょっと褒めてほしいとか、若いときは思ったりするでしょう？　大人になったらそういう時期は過ぎてるから、他人にあまり期待しません。

他人にあまり媚びない、期待しない、甘えないから、年をとったら孤独に強くなる。

それは年をとって初めてわかったことですね。

頭の中で想像したり考えたりしたのとまったく違います。経験を積んだ、その実感っていうのは、とても不思議なことです。

若いときと年をとってからの孤独の感じ方の違いって、本当に不思議です。解放感と自由なふんわり感。それと、ちょっぴりお洒落なハードボイルド感。

今悩んでいるあなたにも、いつか解放されるときがくるって、信じていただければいいなと思います。お楽しみに。

Stand Alone

孤独だからやさしくなれる

自分をひとりぼっちだって感じるのはあなたがお利口だからよ、と言いたいですね。非常にノーマルなことなんです。孤独感がないって人がもしいたら、お医者に行ったほうがいいかも。それは自慢にならない。

ひとりぼっちとか孤独だと思うあなたはなんて素敵なんでしょうってことです。それが元にないと何にもできないんです。人への思いやりが持てないし、誰に対してもやさしくなれない。ひとりぼっちとか孤独を感じない人は、ちょっと人間として信用できないわねっていうのがわたしの本心です。

孤独を感じる心があってこそ思いやりとか人にやさしくとかできるわけで、それが基本だから。

家族や兄弟がいても孤独なの？

ひとりっ子はさみしいから兄弟がたくさんいればいいいね、なんて、簡単に言う人がいるけれど、兄弟が多かろうがひとりだろうが、みんな孤独なんですよ。

それは世間と同じで、いくら周りに人がいてもさみしさは感じますよね。

お家の中に人が多いと、賑やかでたのしいことはたのしいんですけど、親の愛情を、ひとり占めできないわけです。お姉ちゃんのほうが大切にされていて自分が軽く扱われてるとか、どこの兄弟もそう感じるの。

兄弟が2人でも3人でも大勢でも、みんなそうです。

長男次男長女次女、みんなで仲よくしようと努めてますけど、やはり心の葛藤があるんですよ。問題のないお家ってないんです。

ひとりっ子は、両方とも親は自分を見ているっていう幸せ感はあるんですけど、それで済むほど世の中は甘くなくて、それが鬱陶しくて窮屈だというふうに感じたりします。自由がほしい、解放感がほしい。

人間は生きていると、どういう状態でも満足しないわけです。そうした兄弟関係にもまれて学んでいくんですよね。葛藤がその人を強くしていくんだと思います。

第2章　友達って必要なの？

ひとりなのはあなただけじゃない

わたしも年末年始の賑やかな、新しい年に向かって、いろんなことが始まっていくそんなときに、ポツンと取り残されたような不思議な感じを覚えます。

遊園地や運動会でもすごく賑やかで周りが浮足立っているようなときに気分が沈んでいったりします。

お花見で、みんなが浮かれて桜の下でご馳走を食べているときのひとりぼっち感がすごいんです。みんながたのしそうにしているのに比例して、孤独感が強くなる。

仲のよい友達や親友と呼べる人がいない。

自分ひとりが周りから取り残されているような気になる。

集団の中に自分だけが溶け込めない。

でも、そう感じているのはあなただけじゃない。自分はひとりぼっちだと誰もが思っている。そう思うと、不思議なほど「つながってる」感じが持てたりします。

心から信頼できる人は必要？

心から信頼できる友達、恋人、家族、上司、部下がいないってところから、孤独感が生まれるのかもしれませんね。あなたはどうかしら？

そういう人たちがいたらいいんだけど、なかなかいないのが現実ですよね。

でも、そういう人たちを探し求めるんじゃなくて、あてにしないことが大切だと思います。

信頼できる人に相談してみたい気持ちはわかるんだけど、ある程度距離を置くっていうか、そういう人がいなくても大丈夫なようにしておかないとね。

基本は、ひとりで立っていられるってことだから。

でもね、あえて探さなくても、気がついたらそういう人があらわれたりするんですよね。

だから、キョロキョロ探しまわる前に、孤独であっても大丈夫なように自分を躾けておくことが大切かな。

自分のキャラが出せていますか？

集団の中にいると、人に合わせてしまって、なかなか本当の自分が出せないとか、違うキャラになるとかで、けっこう悩んでいる人がいるんじゃないかしら。あなたはどうですか？

実際、自分のキャラを出すのが得意な人と、そうじゃない人とがいますよね。

それって、コンプレックスを感じる必要なんかないと思うの。そういうのは個性なんです。気にしないほうがいいわ。

照れだとか、そうしたほうがウケるとか、そういったことがあるとは思うけれど、実際に生活していく上で、キャラ作りっていうのは気にしないほうがいいですね。

このあいだラジオを聴いていたら、こんなやりとりがあったの。ゲストの人が「最近嬉しかったことは？」って司会者の人に聞かれたのよ。そうしたら、「人から『変わってるね』って言われたのが一番嬉しかった」って答えたの。「それは自分にとっての褒め言葉だ」って言ってたわ。

それを聞いて「おー、なるほど！」って思ったんです。

みんなと息が合ったり、馴染んでいたりっていうのは、ある意味無難なこと。要領が悪いとか、みんなと馴染めないとか、そういうことは気にしないほうがいい。

気にするっていうのはわかるんだけど、無理に馴染む必要はないのよね。無理をしなくても、ウケるときはウケる。

焦らないで、苦手なんだと認めて、「人とつきあうのがすごく苦手なんだ」って言ったら、それはそれでその人の個性なんです。「人と同じじゃなくていいじゃない？」ってことです。気にしないこと。気にすると、エネルギーがもったいない。

ラジオの人みたいに「君って変わってるね」って言われたら、「それって、すごい褒め言葉だ」と思うのって、いいですよね。

友達はリアルじゃなくていい？

わたしはさみしくてたまらないとき、自分の部屋の本棚から本を取り出して、ページをパラパラパラパラってめくるんです。

何も期待しないし、何かの役に立つんじゃないかとあてにしないでね。

無意識にいろんな本をめくっていると、ページの中から誰かしら味方が必ず現れます。ちなみに素晴らしい名作である必要はなくて、雑誌でも新聞でもいいんですよ。なにげなくめくるとね、何かしらのヒントが目に飛び込んできます。本の中からなんかお役に立ちますっていう人が出てきます。心を許せる友達というのは、にゅうっと、本や音楽の中から現れるんですよ。本当です。

どうすれば大人の友達を作れるの？

中学の英語の先生が卒業のときに手紙をくださったの。「友達を作るときは、気が合ったからって、すぐに親友になったりしないように」って書いてあったんです。「いつもあなたがしているように、見ないふりをして人を見ているといいと思います」とか、「真の友達を見つけるには時間がかかります」とかもね。

卒業式のサイン帳には、「焦って友達を作る必要はなくて、時間が経てば、いい友達は見つかります」という言葉もありました。

作ろうと思わなくても、自然とできるんだけど、それにはやっぱり時間がかかるってこと。パッと見て、パッと仲よくなることはあてにならないとその先生はおっしゃっていました。

あまりほしがらないでいると友達ってできるんです。ほしいと思って、いろいろな場所を探しても、見つかるもんじゃないのよね。

だんだんと昔よりも友達が減ってきている、年をとると若いときよりも友達が作りにくいっていうような、孤独感のある人がいっぱいいます。大人になってから友達がいない、友達を作らなくちゃって思っている人が。

あまりそういうことを気にしないで、飄々としているとできるんじゃないかしら。

だから、大人になって友達を作るのって難しいって思わないで、できるときにはできるし、できないときにはできないし、慌てて見つけようと思わないことよね。

サークルなんかで、ワイワイやりながら見つけようと思ったら、なかなか条件が整わなくて仲たがいしたり。そんなことってよくあるんだけど、あんまりガツガツ探さないほうがいいと思います。

たのしい瞬間を思い出にする

友達ができないときは、むしろ孤独をたのしむほうがいいのかもしれないけど、それができれば苦労はないわけですよね。

例えば、仲のよかった友達が先に死んでしまったときなんて、ストーリーで考えると、残されたほうが悲しいんだけど、モーメントでね、瞬間で捉えるの。

「すごくたのしいときもあった、あんなこともあった、こんなこともあった、良かったね」って、いいとこ取りで、それを覚えていればいい。

今、生きているか生きていないかは、まあ成り行きだから。モーメント、瞬間で捉えるっていうのがコツみたいよ。

思い出を懐かしむっていうありきたりのことじゃなくて、その思い出を現役で捉えるっていうのかな。

目をとじれば、いつでもその瞬間に戻れるから、悲しくないのね。

思い出の耀きは決して消えないので。

親友はいらない？

わたしの場合は、友達はもうみんな年をとって死んじゃったり、車椅子を使っているとか、ヘルパーさんがいないと会えないとか、そんなふうになっちゃったんです。

年をとるといろいろ不具合がでてきて、現実では会えなくなってしまうの。

でも、古今東西に、直接の知り合いじゃないけど、本の主人公のような尊敬できる人がいっぱいいいるんですよね。

だから、新聞やテレビやラジオを通してでもいい。尊敬したり信頼したりできるような人が、身近にいなきゃならないってことではないですね。

親友なんていうのも、慌てて探さなくても自然にできるっていうのがわたしの考えなんです。

なんでも相談したりお話ししたりっていうのは、若いときは好きだったけど、今はもう、そういう甘えるような関係よりは、耳をすませて話を聞いてくれるような人がいいですよね。

どうしても自己主張って言うか、「わたしは、わたしは」ってなってしまうんですけれど、聞き上手っていうか、話を聞いてくれる人は大切だと思いますね。

友達の作り方

特別な友達の作り方っていうのはないと思います。

ダメでもともと、何も期待しないで、自分のほうから話しかけて、冷たくされても気にしません。自分がどう思われてもいいように、ストレスにならない程度に話しかけます。誰でも何かしら面白いところがあるから、軽く質問して、あまりしつこくしないで、かろやかに広く浅くおつきあいを始めます。

どんな人に人が寄ってくるの？

友達がいないときの過ごし方って、人それぞれだと思います。わたしの場合は、お気に入りの本を読んだり、映画を見たり、メモを取って日記に書いたりしています。

ひとりでそういうことをやっていると、ちょっと落ち着きが出てきて、充実感が出てきます。

そういう落ち着きが出てきて、ちょっとでも幸せそうだと、人が寄ってくるんですよね。あの人なんだかたのしそうって。

だから、自分で自分の面倒を見て、自分がひとりで立っていられるように、本を読んだり、日記をつけたり、歌を歌うのがいいんです。

幸せそうだと、「なんでそんなにたのしそうなの？」って感じで、言葉には出さないけど、自然と人が寄ってくるんですよね。

「誰もいなくてさみしい」って縮こまっていると、人が近づいてくることはあまりないんです。人間はハッピーに惹かれるのかもね。たのしそうな人のそばにいると、幸せな気分になるし、あったかいって感じるのかもしれません。

さみしそうな人のところ、暗い感じの人のところに、人が寄ってくるってことはなかなかないでしょう？

人が寄ってくるためには、自分で自分のことを躾けてあげて、自分が自分のトレーナーにならなければいけないと思うの。姿勢が悪いからちゃんとしようとか、客観的に自分を見られるようになればしめしめです。

友達にジャンルなんて必要ない

わたしね、「ＮＯ」と言えない人だから、友達に「ＮＯなし人間」なんて言われるんだけど、いろいろなジャンルの人と友達になることってたのしいですよ。友達って趣味が合わなくちゃっていうけど、そんなの全然必要ないことなの。ジャンルなんて決めないで、つきあいたいわ。

初対面で、「あの人キライ」って決めつけちゃう人もいるけど、つきあってみなくちゃわからないと思うし、本当にいやな人間って、あまりいないような気がするの。誰にでも奥深くに素敵な面が隠れていたりするでしょう。

だから一切、事前に決めないように生きていこうと思っています。

顔見知りはできても、友達はできない

わたしの時代は、ものすごく生徒の数が多い時代だったんです。

小学校のときは二部授業といって、同じ教室で、早いクラスと遅いクラスに分けたりしてね。クラスも８クラスくらいあって、とにかく生徒の数が多かったんです。

しかもわたしの場合は、父の転勤で、小学校を４回転校しているんですよね。

ほんとにあわただしくて、いろんな学校に顔を出したわけです。

やっと慣れて、隣の子とおしゃべりできるようになったら、先生が「田村さんは今度、お父さまの都合で転勤します」って話をするの。

わたしは前に立って、「みなさんさようなら」って言うんです。

それを４回、いろんな学校で繰り返しました。

顔見知りはいっぱいできても、友達はできなかったんですよね。転校ばっかりでさみしいというか、なんなんだろうって感じでしたね。

中学になって、転校しなかった3年間はすごくたのしかったです。

男女共学で、８クラスもあって、すごく賑やかで。

わたしの人生で一番たのしい子ども時代だったと思います。

高校は、もともとは女子高で、男子が少ない学校だった。みんなセーラー服を着て、すごくお茶目な女学生でした。まともでたのしい乙女チックな女学生。

そのときの友達とは、50年か60年経ってもおつきあいがあって、さっきも電話で話したくらいです。仲よしの友達っていうのはそうなんですよね。

さっきしゃべった人は同級生なんですけど、彼女のお姉さんがバレエ団の先生で、彼女もバイオリンをやっていたりするの。わたしにとってはすごく文化的なご姉妹でした。

中原淳一先生が作っていた『それいゆ』という、当時の乙女雑誌をお借りして読ませていただいたりしました。

「わたしの少女モノのルーツは、あなたのお姉さんが貸してくれた本よ」と言ったら、

「えー、そんな昔のこと忘れちゃった」って。

わたし、家では少女雑誌を買ったりしなかったんですけど、ほとんどそういうのは、彼女のお姉さんのを借りて読んだんです。

「中原淳一さんって、物のない時代にお洒落の工夫とか、女の子のお部屋は秋になったらカーテンを何色に変えましょうとか、オジサマなのにすごく細やかだったわねえ」とか、「そういえばそうだったわねえ」なんて、そんな話をしていました。

実際、そういうことからすごく影響を受けたと思っています。何十年も前ですものね、もうびっくり。

世間話もしました。彼女もひとり暮らしで、ヘルパーさんが来たりして、もうお家から出ない状態なんですけどね。

今は、大人を小さくしたおませな子が多くて、昔は大人相手におしゃべりなんかできなくて、「どう？」ってたずねたら、「うん」て答えるくらいだったのに、今の子は平気でコメントを言うんですね。びっくり。世の中、変わりましたね。

やっぱりコンピュータとか、そういうものの影響でしょうね。「情報が頭の中にいっぱい入って、子どものときから大人みたいになっちゃうんじゃないの？」なんて、そんな話もしたんですよ。

ついでにコロナ（新型コロナウイルス感染症）の話も。「不思議ねえ、人間があまり自惚れて、いい気になってブイブイ言ってるから、自然界から逆襲されたんじゃないの？　もうちょっと謙虚になりなさいって言われてるような感じがするね」って、そんな話をしたんです。

マンションのゆかいな友達

お天気が良ければ、夕方6時半に、マンションの14階の屋上で夕日を見る友達が数人います。

あるピアニストのご夫婦と、もうひとり、独身の女の人、そしてわたし。コロナのときは、2メートル離れないとお話ができないので、すごく不思議な風景だったのよ。屋上で2メートル離れて、それぞれに感想を語っていたの。「あらー、見て見て。あの雲の形」とか、「恐竜みたい」とか、「うわー、オペラみたい」とか、勝手にしゃべっているの。面白いわよね。長くて30分。だいたい15分くらいね。わたしはせっかちなので、「わー、綺麗。たのしかった。じゃあ、おやすみなさーい」って。

14階に集うなかよしグループです。最近のニュースについてもしゃべったりします。お役人や悪いことした政治家のひとのうわさ話、「退職金6000万円！　やだ、もったいない」とかね。最近お気に入りの本、モーツァルトやシューベルトのうわさ話。夕日を見ながら楽しいおしゃべり。

嫌いな人とつきあう方法

今日ね、M市の実家からネズミがいるって報告があったので、責任を感じてひとりで見に行ったんです。

ネズミにも会いました。ちっちゃいのが１匹、目の前を逃げてったんです。

でもわたしはね、ネズミはネズミで逃げ道を作ってお庭に出れるようにして、薬やなんかで退治しないでほしいと願っています。

そういう価値観は通用しないんだけど、広い意味ではネズミもペットの一種と思ってほしいんです。

それで、ちらっと思ったのは人づきあいのこと。人の好き嫌いってあるでしょ。この人は好きこの人は嫌いって分けないで、ちょっと変わったペットだと思えば、かわいいもんじゃないかなって感じがしたんです。

うちのアパートに「おはようございます」とごあいさつすると「ぷいっ」なんてするおじさまがいるのよ。それも、やっぱりキャラクターのモデルみたいに受け取ってます。あんまり変わっているから、かわいいとは思わないけど、この人、使えそうと思ったり、そんな感じで、いやだとは思わないんです。さっそく、絵本に出てくるいじわるおじさんとして描かせていただきました（笑）。

ペットって、ある友人が使った言葉なんです。

「セツコさんってちょっと変な人とも平気でつきあうわね」って言うから、「そうなのよ。昔から親にも友達選びなさいって叱られてたのよ」って答えたら、「あなたにとってはみんなペットなんじゃない」ってその人が返してきたの。それが印象に残っています。

第3章　人づきあいは大変！

グループになじめない人

グループの中で、みんなとなかなかなじめないことってありますね。

でも、それはもう気にしないことね。それって自然なことなんです。みんなと気が合うなんて、逆に不自然。

みんな個性が違うから、苦手な人がいるのは当然なわけです。

集団の中にいる苦手な相手っていうのは、甘ったるいお料理の中にスパイスが入っているみたいな感じよ。いい彩りだと思うのがいいんじゃないかしら。

だいたい、苦手な人がいないっていうのはおかしいわけ。人間としてあり得ないです。

だから、こっちをすごく嫌ってる人がいたら、ピリッと胡椒がきいているみたいな

感じ。ピリッとしてさ、身が引き締まるじゃない？

仲がよくて馴れ合っていると、気が緩むけど。だけど苦手な人がいるっていうことは、気が引き締まるっていうか、そういうふうに思えばいいんですよ。

苦手な人に好かれようとは思わない。苦手な人は、そのまま「どうぞご自由に」って、そっとしておきます。

人の評判を気にして動けなくなる人

人の評判を気にして、動けなくなってしまう人っているみたいですね。

そういうときは、微笑んで立ち去るっていうか、好かれようと思わなくてもいいと思うんですよね。

たとえ評判が良くなくても、それは、必ずしも自分に欠点があるからじゃなくて、逆に才能があるからかもしれないじゃない。そこは微妙なところですよ。

才能がある人を褒めるかどうかは、いろいろなんです。褒めない場合もある。そうすると、嫌味になったり、ちょっと形を変えて表現されたり。

まあ、評判の良し悪しは気にしないほうがいいと思います。気にしないのが一番。そのうち、また空気が変わるし。

マイペースっていうか、人の評判で自分をぐらぐらさせない。「自分は自分」という気持ちを持っていれば、影響を受けないと思うんですね。評判を気にするなんて、エネルギーがもったいないわ。

「変わり者」と言われている人

考えてみたら、アーティストが人と同じなんて言われたらがっかりなわけ。変わってると言われたら褒め言葉なんですね。

人から浮いてしまったり、変わり者だと思われるってのは、無難じゃないってことですよね。あの人って無難な人だって言われたら最悪じゃない？　いなくてもいいってことですよね。

そう考えると、変わってたり、浮いているっていうのは喜ぶべきことです。個性があるってことだし。

わたしなども、池袋コミュニティ・カレッジのお教室で同じようなこと伝えてます。「生きてるだけで人間は芸術家だって言葉があるけど、芸術家っていうのはアーティストってことじゃない？　アーティストっていうのは何でもありだけど、人と同じようなことしゃべって頷いてる場合じゃない」って。

変わってるって言われる人は喜ばなきゃいけないんですよ。

ヒロインはみんな変わり者

アリスもピッピもアンもファデットも、ヒロインたちはちょっぴり変わり者でお転婆。

悪態をつくことがあっても、考え方がポジティブで、自分の道は自分で決めます。困難があってもひとりごとのように自分自身に問いかけ、知恵をふりしぼってヒラリと次のステップへ。

例えば孤児院育ちの赤毛のアンは、友達がほしいときに、木箱のガラスの扉に映る自分の姿に名前をつけて仲よくしていました。孤独でさみしげに見える光景も絵のように美しく、ロマンチックに感じられたものです。

当時の日記帳には、「欠点だらけのわたしだけれど、自分の手で刈り込みをしたり、枝を広げてまいりましょう」と、殊勝なまでの心構えが書かれているほどなの（笑）。

コミュニケーションが下手な人

コミュニケーションは上手いとか下手ってことはないのでは？

みんな誰でも下手といえば下手ですよね。思うようにコミュニケーションがとれて、スイスイ上手くいく人なんていないと思います。誰でも気を遣いながらギクシャクして、自分が誤解されたんじゃないかとか、もうちょっとこういうふうに言えばよかったとかね、上手く伝わらないことを悩んでいます。

不器用でもありのまま正直な気持ちが伝われば、コミュニケーションは上手くいきます。取り繕ったり、スムーズに人づきあいができる、上手いとか無難にこなせるとか、そういうのは結局は必要ないとわたしは思います。たどたどしくても誠心誠意、言葉なり考え方に偽りがなければ何の心配もないと思うんですよね。

伝わるときにはちゃんと伝わるので、伝わらない、何とかしなければって焦る気持ちは必要ないんです。伝わるときには伝わるっていうふうに思えば気を楽にもてる。

緊張するとギクシャクしちゃうってことがあると思うんです。

わたしはコミュニケーションとるのが得意じゃないんだけどなと思いながら、「あ、あ、何とか伝えなきゃ。なんとかまとめなきゃ。なんとか」と焦ると上手くいかない。

伝わるときには伝わるって考えれば、気が楽になっていいと思うんです。自分を追い詰めないというか。

わたしってコミュニケーションがどうして下手なのかしらなんて、あなたも思わないようにしたほうがいいですよ。

誰もわかってくれない人

よく耳にする悩みで、次のようなものがありますよね。

周りの人がわたしの大変さをまったく理解してくれないとか。あなたも聞いたことがありません？

例えば、お母さんが、家事を一生懸命やっているのに誰もわかってくれないとか。

仕事でも、事務作業で頑張っていても周りがわかってくれないとか。

自分だけがしんどいと思っている人が多くて、そこから孤独感が生まれたりする。

わかってもらうっていうのは難しいんだけど、究極、その仕事をたのしめれば、ほかのことは我慢できるんじゃないかしら。難しいことですけど、仕事そのものに乗ってしまってたのしめればいいのよ。

仕事そのものをたのしめれば、例えば、職人のように仕事に夢中になれれば、それはストレスにならないですよね。そうすれば、人が自分をどう見ているかとか、どうでもよくなる。

今、職人って言ったけど、はたから見ていると、泥にまみれて地味な仕事だって思えることでも、仕事を愛してたのしむことができれば疲れないし、人からどう思われても関係ない。「あ、孤独感ですか？　いいっすね。今度考えてみます。今ちょっと忙しいんで」みたいな人こそ幸せと思います。忙しく仕事に集中してる人には、かないません。

そういう境地までいけば、周りの人は、仕事にのめり込んでいるその人が羨ましくなっちゃうわけです。いいなあって。

いい加減にやってたらたのしくない。のめり込んで、一生懸命にやっていたら、逆に周りの人は羨ましくなって、あんなふうにできたらいいなって思うわけです。

嫌味を言ってくる人

自分に直接、嫌味を言ってくる人って、たまにいますよね。あなたの周りにはどうかしら？

それは失礼なことだと思うんだけど、やっぱり一番賢いのは対決しないことです。相手に向かって自分も言い返すとか、カッコイイことを言って負かそうとかするんじゃなくてね。

幸せな人は嫌味なんて言わないいんですよ。だから「何かご自分に問題があるんじゃないかしら」と思って、「お気の毒に」って思うしかないですよね。

そういう人を無視するのは難しいんですけど、長新太さんの絵本とかナンセンスな絵本とかを見て、気分を変えて、ポンと飛び越えなくちゃいけない。

嫌味を言う人と同じレベルにいると、同じ土俵、同じリングで闘うみたいになっちゃって、エネルギーがもったいないですよね。だから、その状況をポンと飛び越える。

それに、嫌味を言う人の心理にも、微妙に嫉妬が混じっていたりする場合がある。悪意のある発言ばかりする人は、人一倍コンプレックスが強いとか、人と競争して勝ちたい意識が強いとか、気の毒な面があったりします。

とにかく、嫌味を言うのが自分じゃなくて良かった、言われる側で良かったって考えることですよ。嫌味を言う人なんてカッコ悪いじゃない。

スペイン語か何かに「pococurante」て言葉があって、無頓着って意味らしいの。わたし、この言葉がお洒落で、すごく好きなんです。自分に対してそういうことが起きたときに、とりあわないで無頓着にやり過ごすっていうのね。

勉強なり仕事なり、自分のやることに集中して、相手の言葉に惑わされずに一生懸命にやって、それをたのしむ。

勉強や仕事、自分が今やることをたのしめたら、嫌味を言う人はかなわないんです、そういう人に。

いずれにしても、嫌味を言う人にエネルギーを奪われるのはもったいないわ。

自分の陰口や悪口を耳にしたときのいちばんカッコイイ対処方法はね、「おっしゃる通り」って言ってニッコリできたら最高ですね。

わたしの知り合いでいましたよ、作家の人で。誰か陰口言ってるのが耳に入ったらね、「いや、当たってる、その通り」っておっしゃった方が。そしたら、みんなが「うわー、カッコイイ」と。面白い。それは今でもよく覚えてるの。

いじわるな人は、なぜいじわるなの？

結局、いやなことばかり言ってる人は悲しい心のぶつけ先を探してるのね。それで言いやすい人に言うんだってわかったら、はじめはいじわるに見えた人とも、後で仲よくなれるようになりました。

わたしにいじわるばっかりしてる友達がいたんだけど、どうしてこんなにいじわるなのかしらって思っていたら、子どもの頃家庭の事情でよそのお家に預けられていたのね。

彼女は親に感謝するどころか自分を手放した親をすごく恨んでるから、その八つ当たりで普通の家庭でのんき気に育ってる人が憎らしくてしょうがないから、わたしに八つ当たりしていたのです。話を聞いて、わたしそれに深く同情して理解したらすっごく仲よくなったんです。

彼女は癌で亡くなりましたけど、最後まですっごい仲よかったの。

いじわるな人ってみんな原因があるのね。彼女は編集者で、横浜の病院に毎日通ってお見舞いに行ったんだけど、すごく喜んでくれたの。

ただいじわるなだけの人っていないのね、みんな悲しい事情があります。

もしあなたが仲間外れにされたら……

女性の集団だと仲間外れにしたり、あの子と口きかないでとかよくありますよね。

あの子とは仲よくしない方がいいよ、とか陰口言われたりね。

もし自分が標的にされてしまったらどうすればいいのか。

そのときは辛いけど、そういうことって長続きしないんですよ。

時間が経てば消えてしまう話ですから時間が経つのを待つのが一番。

湿気を干すっていうか、わたしの経験からしてもちょっとがまんすれば消えますね。

仲間外れって長続きしないんです。

結構しつこく続いても最終的には仲よくなりました。縮こまったりしないで、辛抱強く普通にしてれば、時間が解決するって本当にそうだと思う。

普通にすることなんですよ。悲しそうにするといじめる人はもっといじめるんですよね。

いじめられても気にしなければいいんですよ。

口下手な人はどうすればいい？

『いちご新聞』の身の上相談に、なんだか上手く口が回らなくて、友達ができなくて、いつもひとりぼっちで、くよくよしているという女の子が登場したことがあるの。

その子はすごく人に対して苦手意識があって、しゃべったあとも、あんなふうに言わなきゃよかったとか、もうちょっと上手くしゃべればよかったとか、くよくよするわけです。

それで「どうしたらいいでしょうか？」というクエスチョンなの。

実は、わたしもそうなんですけど、こういう人にはメモとか日記をお勧めします。ちゃんとしたノートじゃなくても、メモみたいに、ちょこっと自分のひとりごとを手帳に書くようにするのね。「ああ、また今日もくよくよしてしまった。誰々さんにああいうふうに言ったけど、あんなこと言わなければよかった」とか、いろんなことをメモするわけです。

そうすると、だんだん気持ちが落ち着くんです。

いつからかその書いた日記なりメモがね、自分の正直な話を聞いてくれる親友みたいな感じになってくるんですよね。

そのノートには、打ち明け話とか、人の悪口なんかも書いていいわけ。「あの人はどうしてこんなに嫌味なことを言うのかしら、失礼しちゃうわ」とか、なんでも正直に書くと、不思議と気持ちが落ち着いてくるのよ。アリスのひとりごとみたいに。

周りから、「あの人、落ち着いていて、ちょっとたのしそう」って見えてきたら、しめしめよ。

日記ってほんとに不思議でね、書いているうちに気持ちが落ち着いてきて、人のことをあまり気にしなくなるの。自分に対して客観的な気持ちになるのね。第三者のような目で自分を見ることができるの。

「昨日もこんなことで悩んでいて、今日も同じ悩みを持っているなんて、時間がもったいないわ」ってね。

自分がちゃんと落ち着くと、オーラじゃないけど、落ち着いているという雰囲気が、周りの人に見えるんです。

そうすると、友達のほうも楽になるの。ちゃんと落ち着いている人っていうのは、つきあうのが楽なのよ。だから、人が寄ってくるっていうことになるんです。

ですから、さっきの身の上相談には、「正直にいろいろ書けば？」とお答えしたの。

フランスの女優ジェーン・バーキンさんも「混乱したらとにかく書きます」と雑誌で言っていました。

ありのままの自分を好きになってもらう方法

ありのままの自分を認めてもらうことは一番難しくって、一番楽しいことだと思います。自分を生かしながら周囲と上手くいく方法って何、どうしたらいいんだろうっていうのは、誰にとっても大きなテーマ、課題です。

仲間に認められる、仲間に入るってときに、人からバカにされないようにと意識したら難しくなります。バカにされてもいいって思わないとだめなのよね。子ども時代、女の子達が並んでいじわるな男の子に言う囃子ことばに、「バカで結構、好かれちゃ困る」っていうのがありました。バカにされたら逆らわないで、バカにされてればいいんですよ。別に好かれなくていいんですからって思ってね。

本人が気にして暗く丸まってるとよくないんだけど、仲間外れになっても本人がなんだかたのしそうであればいいんですよ。日記を書くであるとか、メモをしたりして気持ちを落ち着かせていれば、周りから見た時に、なんだかしらないけどあの人、充実してる、余裕があるってことになって、一目置かれるってことがあるんです。

落ち込んで暗くなってると、ウイルスみたいに、さらにマイナスなものが入ってくるわけ。それで、よけい暗くなる。だから自分の心のバランスを自分でとって余裕シャクシャクにしてればいじめられない。いじめる方はね、いじめ甲斐がある人をいじめるわけ。いじめたら効果があって、何だかめげてしまうタイプを攻撃するの。うわー、もうちょっといじめてみようっていうことになるの。

ところが、いじめたのに何だか本人がケロッとしててたのしそうだったら、いじめ甲斐がなくなるからいじめなくなるんです。

以前、電車の中の広告に「負けてもたのしそうな人にはずっと勝てない」って言葉がありました。

負けて平気な人は、いじめられても平気。いじめられてしょげて半べそかいてるとだめだめ。

人づきあいは風通しをよくする

みなさんを見ていると、相手のプライバシーに入り込んだ人は、綻びが出てくるみたいね。

あまり近くにいると窮屈になってきます。

人間関係は濃厚なほうが好きな人もいて、人の暮らしに入り込もうとするけれど、そういう関係は長くは続かないようです。

一歩離れていると関係が長持ちしますね。空気を入れるっていうか、風通しっていうか。あまり深入りすると、必ずトラブるみたい。

寮や社宅や会社の人たちとはなかなか離れられないとは思います。

ましてや離島や集落とかに住んでいたら、実際には離れることができなかったりしますよね。そういうときは趣味の時間を大事にすればいいですよ。

「客観的に離れる」っていうのも、その人の脳トレだと思うの。

ネットの中の「孤独」

ネットで批判されて女の子が自殺しちゃったんですよね。ネットで叩かれて。匿名じゃないと自分の意見が言えない人が増えてると思いますが、自分が幸せな人はいじわるしないってことですよね。

自分にストレスがあったりすると人の粗探しをして攻撃するわけです。

それは自分の憂さ晴らしで、卑怯なことですが、そういうことで憂さ晴らしをしないとストレスがたまるわけでしょう。

StandAlone

もしかしたら正しいことをしているっていう意識があるかもしれません。

クレームつけることが好きな人もいますよね。自分が正しいって上から目線で説教するってこともあるじゃない？　でも自分が匿名でやるわけですよね、それはどんな正しいことを言ったとしても卑怯だと思うんです。

そんなことを言って憂さ晴らしをしないで済むように自分をハッピーにする訓練をしないとダメですよね。人のことを攻撃して嬉しいなんて。自分の言葉で相手が傷つくことを喜びにするような人は本当に卑怯だと思うし情けないことだと思いますね。

孤独はネットの中にもたくさん潜んでいます。

匿名で人の粗探しをする人は現実では孤独だったりします。

匿名だから、名前のない言葉に怖さを感じます。

孤独と詐欺師

孤独と詐欺師って、結びつくでしょう？

あちこちに、孤独な人を狙った詐欺師がいるんです。孤独な人にやんわりやさしくして、騙すんだそうです。

昔、Ｔっていう会社があって、すごくやさしい青年達がお年寄りにすり寄って、ありもしない金を売りつけたりする事件がありました。騙されたのにお年寄りがあんまり後悔してなくて、すごくいい感じのやさしい人でしたって言ってるのを聞いたことがあります。お金持ちのお年寄りがお金はとられたけれど、やさしくされてその間は幸福だったということなのかな、しょうがないなと思いました。

そういうところに付け入って騙す人々が引きも切らずいるっていうことも、わかってきました。

騙された人にそれをよしとする度量があれば騙されたっていいけど、被害こうむってね、それが後まで響くってようなことになるのは、とても残念です。

あと詐欺師の格言に「欲のない人は騙せない」というのがあるそうです。何かトクしようと思ってる人は騙されやすい？

女の孤独はおしゃべりで解決する？

孤独は女性だけの問題ではないですよね。

男性でも、おじさんでも、孤独は孤独だったりするじゃない。お酒飲みながら演歌聴いたり、みんな孤独をだましだまし生きてるのね。

女性の場合、おばあさんならおばあさん同士立ち話や、お茶しながら愚痴を言ったり、友達同士で心をほぐすことが多いようです。みんな大変なんだといって慰め合うっていうのも、ひとつの方便でしょう。

だけど、根本的には自分でちゃんと自分の面倒をみれないと人にも迷惑がかかります。

愚痴を言ってるおばさんたちの話を聞いてると、それでは満足度がえられなくて、仲間うちで幸せを比べたりしても、なんか釈然としないみたいです。結局、自分で自分の孤独を飼い馴らして孤独と仲よくできないと、人づきあいに頼っても解決しないような気がします。

周りを見てると、みんな比べっこしていますね。あの人には何がないけど何がある、わたしにはあれがないけどこれがある。あの人は孫がいないけどわたしには孫がいるって。

女性同士は、何でも比べてますね。比べっこ地獄に入らないためには、それはそれでたのしい世間話として笑ってお話しできて、自分はちゃんとしてる。自分を面倒見てあげられる。そういう訓練をしてないと、人とお話ししても解決しません。

いやな上司がいたら

上司がとてもいやな人で、いばっている。
ねちねちしていてストレス発散の対象にされている。
みなさんもこんなことに悩んでいるかもしれません。
力関係がはっきりしていて、パワハラされていて、いつもいやな思いをしてるって
いうのも困った問題ですよね。
立ち向かうのもいいけれど、仕事の上司ならそうそう怒鳴れません。そういう場合
は、その人の七五三のお祝いの顔を想像すると、プクッとかわいいお顔が浮かんでき
て笑ってしまいます。いばってる人はそういうキャラだから面白がってればいいのよ。

第4章　みんなの孤独

萩原葉子さんからの電話

小説家の萩原葉子先生は、ひとり暮らしをしていらっしゃいましたね。

知り合ったときは、梅丘にいらっしゃって、ご自分のスタイルを理想的なものにするために、執筆活動以外にモダンダンスを習ったり、いろいろと大活躍していらしたんです。

知り合ってからは、毎日お電話を頂きました。

特に用事があるわけじゃなくて。

「もしもし、わたし。今どこ?」

もうパターンが決まっているんです。

わたしのほうは、ちょうど実家で母が倒れた時期だったんですね。

「今、どこどこです」

「あ、そう。わかった」

こんなふうなかんじ。

それと、先生の行きつけのスナックがあって、そこは、同年輩の女性ひとりでやっていました。

そこに先生は、夕方お買い物に行かれた帰りに必ず寄って、一杯やりながらおかみさんとおしゃべりなさっていたんです。

そのお店は、わたしが家に帰る途中にある駅のそばだったんですよ。

それでわたしも、時々お寄りしたんですけど、先生が手を叩いて、「わー、来た来た。満足満足」って言ってくださって、お酒を飲んだり、いろいろと励ましていただいたりしました。

「疲れたときは休んじゃダメよ。疲れたときこそは動かないと老けちゃうわよ」とか、いろんなことを教えてくださいました。

駅まで送っていただいたときもあって、あったかい手で握手してくださったり。そういうことが続きました。

先生が亡くなってから思い返すと、あの毎日のお電話がどんなにうれしかったことか。

わたし自身は電話無精で、あまり電話ってしないんですけど、先生のまねをして電話無精を卒業したいと思います。

ペットロスという孤独の乗り越え方

大切な猫や犬が亡くなってしまう、ペットロスをどうやって乗り越えればいいか？

本当に悲しいんですよ。何を見ても思い出すのよね。ちょっとクールすぎるんだけど、あなたのペットロスを癒やすのには「新しいペットを飼うこと」なんです。

前に飼ってたペットに悪いから新しいペットは飼いたくないって誰でも思うんです

ね。新しいペットを飼うと性格も違うんだけど新しい愛が芽生えてロスが消えます。わたしが知ってる方たちはみんなそうでした。

エッセイストの熊井明子さんは、わたしが「猫が家出しちゃったからいま飼ってない」って言ったら、「まあ信じられない今すぐペットショップに行って買ってらっしゃいよ！」っておっしゃるの。熊井さんはマロンちゃんていう猫を飼ってて、死んじゃって落ち込んでらしたんですよ。それが、新しい猫がきたらすっかり明るくなられて、マロンちゃんが僻んでないかしらってからかうと、いえいえマロンは可愛いんですけど今度の新しい子はまた別の可愛さですって。

だからペットロスを治すにはまた新しいペットを飼うしかないんですね。前のペットに悪いとは思うんだけど、新しい子で別の愛情が生まれるってみなさんおっしゃいます。

今度の子がすごい性格の悪い子だったとするでしょう？　そうすると前の子はすごいいい子だったって言いながら新しい子も嫌々ながら相手してるうちに愛情が湧いて。新しいペットを飼うのは鉄則みたい。

「うつにはなりません」

だいぶ昔のある日のことです。

締め切りの原稿が遅れてしまい、そのころ悩みをかかえていたこともあり、少々うつ状態でしたので、担当編集者S氏につい、

「Sさんは、うつになったりはしないのですか?」ときいたところ、彼は、

「いや、ボクはうつにはなりませんね。自分を何程の者とも思ってませんので」と答えました。

私は思わず姿勢を正し、もう二度と人前でうつなどという言葉は使うまい、締め切りに遅れまい(?)と、ひそかに決心したのでした。

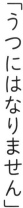

おじさんも孤独？

家庭で居場所が無いっていうお父さんはいると思うんですけど。とにかくお家を出て一日中散歩してるお父さんいますよ。カフェ巡りして。お小遣いがないから公園のベンチでコーヒー飲んだりして夕方になってから家に帰るっていう人いらっしゃる。家では賢い奥さんにきつい目で正論吐かれて、っていう人たくさんいらっしゃる。

そういうときは哲学者になるチャンスですね。普通の神経じゃやってけないじゃない。哲学者ってみんなうつっポイ？　苦悩の中から、新しい考え方を編み出すんですね。

外から見たら円満な家庭なんだけど針のむしろみたいなお話は聞きます。

大人になったら苦労のない人なんかいない。古今東西奥さんと旦那さんの意見が合わないってありますよね。

ユーモアのセンスっていうか、洒落たイギリスのユーモアのある本を読んでもそうね。

王様だって王妃に気をつかって大変だなんていろんな話があるからそういうので笑い飛ばすのね。「いやはや。どこでも大変らしい」と。

ホームレスは孤独？

ホームレスは孤独とは限らないわね。個人差はあると思いますけど、ホームレスのおじさんには、けっこう充実している感じの人もいます。

うちの近所にね、身の回りのものを台車みたいなのにのっけて、四つ角でずっと車の行き来を見ているおじさんがいるの。

わたし、インタビューしたくて仕方がないんだけど。あの人は毎日何を見てるんだろうと思うのね。

公園でもそういう人がいたりするの。今は少なくなりましたけど、前はよくお酒を飲んだりしていた。

なんだかプライドが高そうだし、ほとんどの人はアイデアを駆使して、段ボールや何かで寝床を作ったりしてるでしょ。気の毒っていうんじゃなくて、それはそれなりに充実してらっしゃるんじゃないかしら。

女の人のホームレスもたまにいて、お化粧品を枕元にバーッて並べている人なんかもいます。親しみ感じたり、エールを送ったり。

池袋の駅の中でね、編み物をしている女の人がいるの、白髪のね。

一度、池袋コミュニティ・カレッジでみんなにもらったお菓子を、「おやつにいかがですか」って差し上げたら、「まあ、ありがとう」って。上品な方でした。

その人、そこに座って編み物をしているのよ。たぶんそれが趣味だと思うのね。

駅の中で編み物をすることがお気に入りなんだと思います。駅は劇場みたいでしょ。いろんな登場人物が歩いていてね。それが好きで、そこに来ているのかもしれないわ。

それに、駅の中って寒くないんですよ。デパートか何かの影響で、冬も寒くなくて、夏は涼しいんですよ。意外としのぎやすいの。

その方の隣に座って、「ああ心地いいな」って思ったことがあります。

「砂漠の商人」と孤独

モロッコの旅でみた美しい青年です。

人っ子ひとり通らないサハラ砂漠にテントを張って、骨とう品を並べて売っています。まわりは砂の原。どこまでも砂地が広がっています。

こんなところで、ひとりぽっちで、ステンドグラスのつぼや、ランプや、ティーポットなどをみがいています。

「こんなところでひとりぽっちで、彼は、さみしくないんでしょうか？」ときくと、ガイドのムハマドおじさんは、

「大丈夫。彼は神さまとお話ししてますから」

その青年の落ち着いた満ち足りた表情は忘れられません。青いフードつきの長い衣を着て香油の香りが漂っていました。

第5章　老いと孤独

亡くなった大切な人のこと

ワーズワースの詩に『草原の輝き』というものがあるの。わたしはよく引用するんですけど、「草原の輝き　花の栄光　再びそれは還らずとも　なげくなかれ　その奥に秘められたる力を見い出すべし」って。

まったくこの詩のとおりよ。草原の輝き、咲き誇ったお花の姿は過ぎ去ってしまっても、なげくことなかれ。その輝きは消えないのね。

すごく素敵な思い出、例えば、両親のぬくもりっていうのは、なくなっちゃうと思うかもしれないけど、実は消えないんですよ。ちゃんとそれを覚えていれば、消えない。

わたしは忘れっぽいから、亡くなった人たちの名前を書いて、朝起きたときに、順番にご挨拶をするの。ほかの人たちもたくさん出てきて、例えば中学校の先生まで登場するの。人数がどんどん増えてご挨拶もたっぷり時間がかかります。

そのとき、生きていたときの顔とか雰囲気がそのままパッと蘇るから、あまりさみしいとは思わないんですよね。

手を触ったり、ハグしたりできないのはさみしいって言ったらキリがない。だから謙虚になって、欲張らないで、生きていたときの素晴らしい瞬間、モーメントを、いっぱい覚えていれば消えないわけです。覚えていないと消えちゃうじゃない。だからいやなことを忘れて、素敵なことだけ覚えていれば、すごく都合がいいし、とてもハッピーな気持ちになれる。

今でも両親と仲よくお茶を飲んだりしたいなんて思ったら、それは図々しいと思うのね。それはもう、たっぷりそういう時間を頂いたわけだから、それ以上は欲張らないようにしようと思います。

年をとるって孤独なこと？

年齢と孤独の度合いって、比例しないと思います。年齢は関係ありません。

20代の青春時代、独立したときには、さみしかったっていうのは、身にしみて感じました。

でも、年をとると、いろんな思いをしてきて、経験をいっぱい積んでいるので、心の中にそれらが蓄積されているわけです。

だから、「こんな気分のときは、こういう考え方よね」っていう引き出しが、たくさんできているように感じました。

なので、年をとったから孤独だっていうふうには思わないんですよね。

年をとって、人生の秋を迎え、冬を迎え、枯葉が散るベンチにひとりで座っている老人なんて、孤独を絵にしたような感じになりますけど、それはどうなんだろう。景色としてはそうなんだけど。

個人差があるかもしれないけど、年をとったってことは、内面にいろんな経験がたっぷり入っているわけですよね。

おばあさんは、生まれつきおばあさんじゃなくて、子どものときからずっと生きてきたわけです。その生きてきた自分っていうのが全部入っているわけ。体や頭の中にね。だから豊かだと思うの。

老人って、図書館を一つ持ってるようなものだって話があります。それにご本人が気づかないと、孤独だと思うかもしれないけど、自分の中の素晴らしい宝物に気づけば、孤独とは言えないと思うんです。

経験が少ない若いときの孤独はなかなか大変で、これからどんどんいろんなものを吸収してたくわえていくことになるけれども、もう老人はたっぷり体の中に、ハートの中にたくわえている。豊かでポカポカしている。

だから、年寄りは孤独だと決めつけることはできないと思うの。

孤独の不安の鎮め方

大人になって、最終章が老後のことですから、今まで培ってきた実力を総動員して、なんとか不安をなだめるのが、腕の見せどころじゃないかしら。

不安を味わうって言ったら嫌味だけど、「こういうことか」って感じて、時間を俳句とかの創作に費やすのもいいんじゃないかと思うの。一杯やりながらね。ふふ。

孤独死は悲しくない？

孤独死って、シチュエーションとかルックスは悲しいけど、人は一生懸命に生きてきて最後は死ぬので、死ぬってことでは、豪華な花を飾ってお葬式をするのと同じだと思うの。

だから、生きているときに精一杯生きたんだから、それでいいんじゃないかなって、諦めたいと思います。

人間は裸で生まれて裸で死ぬってことをわきまえていれば、そんなに悲しいことでもないいんじゃないかな。

人間はお母さんのお腹からすっぽんぽんで外に出されるんだけど、それが第一歩なんですよね。どんな身分の人であろうとみんな同じで、そこからスタートしているから、孤独は当たり前だと納得しています。

何も着ないで、裸で外に出されて、そこがスタートラインなのよ。

どんな死に方をしたい？

M市の仲よしの絵描きさんにひとり暮らしのおばあちゃまがいます。最近、娘さんから、「母が亡くなりました。いろいろありがとうございました」ってお電話があったんですよ。それでおととい お家に行ったんです。

わたしよりちょっと年上で、娘さんと息子さんがいるんだけど、ひとり暮らしで独立していらした。

わたしはよくそこのお家でお茶してたんですけど、写真が飾ってあって、簡単な祭壇ができてました。そこにわたしが買った彼女の絵を持って行って、飾ってもらったんです。

通いのヘルパーさんが来たらベッドで横になって亡くなってたっていうんです。いい死に方だったんじゃないかなって、わたしは思いました。

腰が痛いことはあったけど、特に病気はなくて、あっさりとひとりで眠るように亡くなっていたんですって。彼女とわたしは仲よしだったので、すっごいがっかりしたんですけど、娘さんと祭壇の前に座って、「ほんとうに、お幸せな亡くなり方ね」って言ったんです。病院に連れていかれて、延命装置につながれて、無理やり生かされるってこともあるし。

彼女は、全然苦しまないで亡くなりました。それは誰が選ぶっていうことでもないのだけれど、でも彼女の場合、やさしい夫は先に亡くなってたんですけど、彼が迎えに来てたのか？　神様が連れていったのかな？

行くまでは億劫だったんですよ。悲しいし。でも、実際お邪魔したら、これから身の回りの後片付けをするので娘さんとお孫さんがいらっしゃってて、「仲よくしてくださってありがとうございます」って、「こちらこそありがとう」ってお礼を申し上げて、いろいろ懐かしいお話をして……。

それは自然ですごい素敵で理想的な逝き方で、なかなかないと思いました。

先のことは考えない

ひとり暮らしの不安、病気の不安とか、わたしは、ないんです。

病気になったら困るでしょうけれど、そういうの考えたことなくて……。どうするんだろう。どっかに相談するんでしょうね。

いろいろあるわたしの欠点の一つは、展望と対策が全然苦手ってこと。ほんと困っちゃうの、自分の今後のこと全然考えてないの。

具体的なことは何にも考えてないので、病気になったらここのアパートの管理人の人かなんかに電話して救急車でも呼んでもらうのかしら。

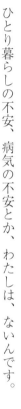

先のことは、よくわからない。あまり考えてないいんです。だいたい70歳くらいになったら、たぶん仕事もしなくなって、人生も終わりと思ってたくらい。

病気で亡くなった妹がいるんですけど、妹と母が二人ともベッドに寝ついていて、実家で仕事しながら二人を看てたから、わたしはすごい忙しかったんです。で思わず、「70くらいになったら仕事辞めようかな」って言ったら二人が拍手したんですよ。「それがいい、それがいい」「さんざん働いたんだから、もう辞めてもいいわよ」「そーよね」って言ったのをよく覚えてます。

実際、70くらいで仕事は一段落して、さんざん働いたから、どうしようって思ったことがあるんです。それから10年くらい、もう過ぎてしまったわけだから呆れちゃうんですけど、本当に、先のことはあんまり考えてないいんです。70くらいでもう死んでたはずだから、そのあとはおまけっていうか。

これでは計画性があまりにもないんで、これから考えてみますね。これから考えてって、この年になって、あはは、笑っちゃう。

だけどほんとに考えてないの、今後の計画。

独居老人なんて……

独居老人という言葉があるけど、なんてセンスのない言葉だろう、味気ないし、失礼だ、という意見が多いのですが、わかりやすくて、なかなか風流だと思うわたしは、なんて心が広いのでしょう（笑）。

ある老人に「長生きのコツはなんでしょうか？」って聞いたら、「死なないことです」って言ったんだって。面白いですね。たしかに。

第6章　ひとり絵のすすめ

「この世は、脳トレと筋トレでできている」

みんなでわいわいガヤガヤ群がって談笑するのもたのしいけど、ひとりの時間をこなせるのも必要だと思います。例えば私みたいな独居老人っていうのはさみしいのは当たり前だから、当たり前のことをやっても仕方がないわけなんですね。

ひとりの時間のたのしみ方っていうのは本当に人それぞれで、十人十色っていうのかな。

自分ひとりのオリジナルのたのしみ方を工夫するのが、たのしいことだと思います。

「この世は、脳トレと筋トレでできている」っていう自分で作った格言があるの。

工夫をすれば脳トレになるし、人に手伝ってもらわないで、アシスタントもいなくて、ひとりで片付けたり、家事をやったり、失くし物を探したり、なんでも体の筋トレになっているんですよ。

だから、日常生活で人に頼らないで、なんでも自分でやると、孤独感からは自然と解放されるんです。ためしてみてね。

好きな仕事をする方法

仕事は、熱心にやっていれば好きになるんですよ。

途中で投げないで、やり続けることによって、仕事と自分のあいだに化学作用が起こって、いい具合になれば怖いものなしなんです。仕事以外のことが気にならなくなっちゃう。そうなったら、しめしめということね。

哲学的なことを人と偉そうにしゃべらなくても、今やっていることに夢中になっていればいいじゃない。

忙しい職人に、「あなたは孤独をどう思いますか?」って聞いたらね、「孤独ですか?いいっすね、今度ゆっくり考えてみます。今忙しいんで」って。忙しくてやることがあるので、そういう哲学的なことを語っている暇はないってことよね。

だから、忙しくしているっていうのは大切。暇だとよけいなこといろいろと考えちゃうし。

暇だと、人は自分をどう思ってるかとか考えるんだけど、そういうことを考える暇がないくらい用事を作って、忙しくするっていうのがいいかもね。


自分が好きなことっていうのは先にあるんじゃなくて、与えられたことを一生懸命やってるうちに好きになるんですよ。

周りを見ててもそうですが。フランスの小説家のジャン・ジュネの『バルコン』っていうお芝居の中に、「あなたがその仕事を愛すれば今度はその仕事があなたを愛してくれるようになるわよ」っていうセリフがあるんですよ。わたしその言葉がすごく好きなんです。

例えば、ブティックのガラスを磨いてお店が始まる前の準備している女の子を見ると、ああ一生懸命やってるからきっとこの仕事が好きになるでしょうねーって見てるの。一生懸命やるとその仕事が好きになるんだけど、一生懸命やらないとどんなに素敵な仕事でもたのしくならないの。

わたしなんて自分がどうなるかわからなかった素人だったたし、絵の学校も出てないし、印刷のことなんかもわからないで編集部の隅っこのお席で小さなカットを書く手伝いなんかしてて、これは活版のページです、これはオフセットですって言われても、ハイわかりましたって嘘ついて、家で辞書引いたらオフセットは「印刷用語」って出てるだけで全然わかんない。

そういうことがすごく長かったんですけど、しょうがないから一生懸命やってたらだんだん好きになったって感じですよ。みんなもう辞めちゃうんじゃないかってうわさしてたらしいんです。

ひとりの時間も必要

たしかに、誰かとつながっていたらたのしいって感じるときはあります。

ひとりだとさみしい、友達がいないとさみしいっていうのは、いつの時代も変わらない。

今は、ネットなんて便利なものができたけど、そういうツールがいくらあっても、ひとりでも大丈夫じゃなければたのしくないと思う。

基本は、自分で自分の面倒を見て、孤独に負けない自分を作ること。

ひとりの時間を贅沢にたのしめたら、最強ですよね。

だから、ひとりひとりが、本を読むとか絵を描くとか、孤独な時間をたのしめるものを見つけることよね。

例えば、映画を見ていると、スクリーンの中から親切な人物が出てきて話しかけてくれたり、肩を抱いてくれたり……必ずそんな人物が出てきます。名作映画の中には、必ずそういう人が隠れているんですね。

そういう人はね、ある日ちゃんと微笑んでくれるの。そういう存在を自分で持っていればハッピーだと思う。

本もそうです。ひとりの時間を大切にしつつ、本を読むとたのしい世界が広がります。

ページの中からいろんな人が「お役に立ちますよ」とささやいています。

ひとりで絵を描いているときの不安

ひとりで絵を描いているときに、不安を感じないと言ったら嘘になると思います。

でも、とりあえず描き方の工夫をします。どんなふうに描こうかって集中すると孤独を忘れます。

集中しないと、「なんでこんなさみしいことをやってるんだろう」って思うんじゃないかな。

だから夢中になればいいんですよ。

なんでもそうですよね。上の空でやっているとさみしくなるかも。

ある油絵を描く有名な先生が、「絵を描くことはご馳走を食べるみたいで、描き終わりたくない」って言われているんだけど、すごく幸せそう。

絵の具の混ぜ方とかお料理みたい。鉛筆をキレイに削っていると、時間を忘れますね。

紙と鉛筆があれば

孤独に悩んでいて、さみしくて仕方がないときって、どう考えたらいいのでしょうね。

そういうとき、わたしは紙と鉛筆なんですよ。とりあえず、日記に正直な気持ちを書きまくるの。

今、スマホとかそういう時代なんですけど、鉛筆を手にして字を書く行為というのが、実は本当に役に立つのね。あなたもやってみるとわかると思う。

「さみしくて仕方がない」って、その気持ちを正直に書くんですよ。「いやになっちゃう」とか。それにイラストっぽくらくがきを付けて。ムンクの叫びみたいな、かわいくない絵を描いたりして。

あとから見ると、すごく励まされるんです。「あのときはこんな気分だったけど、それよりは今のほうがちょっとましだわ」みたいな。

第三の目を持つってことじゃないけど、もうひとりの自分が自分を見つめる機会だと思って。

さみしいときに、人に助けてもらうとか、たのしい場所に行くとか考えないで、自分の中に引きこもって、紙と鉛筆に頼るのは、わたしのお勧めなんです。ぜひぜひ試してみてください。

あとは、お気に入りの本を読むのもいいんですよね。

わたしが孤独でうろうろしていたとき、元気を出そうと思って、明るいミュージカルなんかを見たら、もっと落ち込んだりして、逆効果になったりしたんですね。

そんなとき、自分を研究するのもいいわね。こういうときって、映画だったらどういう映画が気に入るのかしらとか、自分で自分のお医者さんになって、自分のことを患者のように扱って研究するって面白いんです。

こんなときわたしは、どういうことをしたら元気が出るのかしらって、実験材料みたいに考えるの。わたし、それをやりました。

　さみしいときに映画を見たら逆効果だとかいうけど、暗い映画を見るのもありよ。『灰とダイヤモンド』という題名の、ズビグニェフ・ツィブルスキっていう変な名前の人が出てくる絶望的な映画を見たら励ましになったり。わからないものだなあと思ったわ。

　本も、これはダメ、あれもダメって、いろいろ試して読んでみたら、たまにピタッとするものがあったりします。そうしたら本が友達みたいになって。

　一冊の中で一行だけ気に入ったり、そういうのを見つけるのって、すごく嬉しいものですよね。

　さみしいときに投げ出さない。やけになったり、いやになったりじゃなくて、「ちょっと待てよ、なんとか考えてみよう。わたしのことはわたしが面倒を見てやろう」ってかんじかな。

ひとりぼっちの日記帳

誰も味方がいないと思うそんなときは、わたしは日記を書きます。日記帳がそばにないときはメモ用紙でもいいんです。愚痴でもさみしいとかでもとりあえずメモをする。日記帳とかきちんとしたノートじゃなくてもいい。広告チラシやレシートの裏でもいいから、少しの白い隙間さえあれば、そのときの自分の感情をとにかく文字にしてみます。

自分の記録として2020年6月1日と日にちもちらっと書いておくんですよ。とりあえず書いてみる。その紙切れが自分の分身なわけです。バッグとか着てる服のポケットに入れておくんですよね。それで、ちょっと落ち着いたときに取り出して読んでみます。

そうするとそこに、さっきあんなにさみしかった、この世にひとりぼっちだった自分がいたのがわかりますよ。

時間が経つとね、考え方が変わってきたり、さっき書いたことがまた慰めになるのね。

ひとりぼっちのときはメモをするのがいいっていうのは、わたしの経験から保証します。


小さい頃からわたしは「メモ魔」で、見聞きしたり読んだりして心に飛び込んできた言葉を手帳や単語帳などに書き留めてきました。

小学生時代は、父の転勤にともない、学校を転校すること数回。お友達がいっぱいいるような、いないような、心もとない日々でした。

そんな中、いちばん身近にいて、つきあってくれたのが、ノート（紙）とエンピツでした。いつしかそこに、らくがき風の、おしゃべり日記を書くのが習慣になったのです。そこには、うれしいことも、困ったことも何でも、ありのままに打ちあけます。

それはいつしか、強い味方、親友のような存在になっているのでした。

大人になった今でも、本物の人間よりもまず、ノートの方にまっ先にお話しするのですからびっくりです。そうしたらくがき日記帳はどんどん増えて、仕事部屋の壁に寄りかかって今も、わたしをじっと、見守っているのです。

メモ魔の魔法

絵を描く仕事は、誰とも話さずひとりで部屋に閉じこもって机に向かうので、引きこもりのようになりがち。

息がつまりそうになったとき助けてくれるのは、自分が収集したメモの情報なんです。素敵な言葉でいっぱいになった手帳や単語帳を見ると、すぐに素敵な気持ちになれる、わたしの大切な宝物です！

1か所にとどまっていたくないのは絵を描く人によくある気質で、最近の個展は、収集した小物で作るオブジェや、布や紙などの切り貼りと絵で作るコラージュが中心。気分転換にもなって面白い！

等身大のお人形に「いらっしゃいませ」とカードを持たせたりするのが、最近のお気に入りです。

住んで40年になる原宿はファッションの発信地なので、ぶらっと歩くだけで新しい空気を感じるし、思いがけない発見がいっぱいあるの。新しいエッセンスをプラスしています。

地袋コミュニティ・カレッジの『ようこそ！　田村セツコのハッピー絵画くらぶへ』でも、絵が苦手な人にはコラージュの手法も取り入れてもらっています。写真のキリヌキ、映画やお芝居のチケット、レシートなどを貼りつけて、気になるフレーズを書き添えるだけでも素敵な絵日記になりますよ……といったご提案も。皆さんにはぜひ

「らくがき名人」になってほしいと思っています。長電話しながらメモ用紙に描いたらくがきをあとから見ると、抽象画のようになっていたりするでしょう？

言葉を味方にする効能

言葉って素晴らしいな、と思います。

すごくありがたい長い文章じゃない、ちっちゃなフレーズでも、言葉って励まされるの。

だから単語帳にちょこっと暗号みたいに書いたりなんかします。

そうしたら長い説明はないけれど、言葉自体の力に励まされるってことありますよね。

あなたも、思いついたら書いてみて。

Stand Alone

ノートに記録するっていうのが、自分の手で鉛筆やボールペンでしこしこ書くことが後で絶対プラスになると思うんです。やっぱり何かイライラすることはよくわかるんですけれど、紙に日にちを入れて記録する、今こんな気分でこんな状態でっていうのを細かく書くと落ち着きます。

なんでわたしがこんなに日記を書くことを勧めるのかっていうと、昔『エル』だったかフランスの雑誌でね、ジェーン・バーキンって女優さんが「混乱して困ったらわたしはとにかく書きます」って言ってたんです。人によっていろいろで、大好きなオーデコロンを吹き付けるなどいろいろあるけれど、「とにかく書きます」が印象に残ってて、とにかく手を動かして書くってことは絶対あとでプラスになると思います。

絵は孤独の妙薬

絵は孤独の妙薬です。効きます。

コロナ（新型コロナウイルス感染症）がすごくはやっていたころでも、コミカレ（池袋コミュニティ・カレッジ）の子は、メールでわたしが「絵日記、描いてますか?」って伝えただけで、はりきって描き始めて、「やっぱり絵はいいです」って言ってました。

結局、絵の具を溶いたり、色鉛筆で色を塗ったりするあいだに、何かがほぐれてくるのね。たぶん心理学を研究している人は説明できると思うんですけど、何かの療法になるんじゃないかしら。

「人間は生きているだけで芸術家」って言葉があります。それくらい、人生を生き抜くってことは面倒くさいことだと思うんです。

わたし、コミカレでも言うんです。生きているだけで芸術家ってことは、全員アーティストってことですよね。ということは、何をやってもいいわけ。どんな変わり者でもオッケーなわけ。標準型じゃなくてもいいわけ。

ボロを着ようが、髪がへんてこりんだろうが、変わったしゃべり方をしようが、字が下手だろうが、なんでもいいのよ。もちろん絵が下手でもいいのね。

「自分の人生を生きれば、それは何も物を作らなくても芸術家ですよ、あなたの人生を作った芸術家ですよ」って話もあるでしょ。

「だから皆さん、アーティストなら怖いものなしよ」なんていろいろ言うわけ。「上手くいかなくても、アーティストは許されるのよ」なんて言ったりして。

そうしたら、「あー、そうなんだ」って、みんなますます元気になってくるのよ。

気持ちが解放されるみたいね。やっぱり解放感が欲しいわけだから。

日本人って、どちらかというと、几帳面で、綺麗好きで、窮屈じゃない？　きっちり決めるみたいな。

それをほぐして、少し緩やかにして肩から力を抜いて、「アーティストなので」って言って、自由を吸い込むの。

そうしたら、もういろんな手作りのバッグやエプロンを身につけてイキイキしてる。

女性って面白いなって思います。女性ってバイタリティがありますね。おとなしい人でも、みんな内に秘めたるものがあるんじゃないかって、皆さんを見ていてつくづく思います。

絵を描くことで、うつっぽかった人も「解放される」ようです。

上手い絵とか、そういうんじゃなくて、白い紙に線を描くことによって、人に褒められるんじゃなくて、自分でそれを楽しんで、自分を驚かせてあげることができる。

上手い下手は関係ない。上手くても魅力のない絵ってあるんですよ。

上手くなくても、本当にその人らしく、自己流で絵を完成させようと思うと、エンジンがかかるんです。

心がスパークするんです。その様子をみて私もとっても励まされるんですよ。

ひとり絵はひとりごと

ひとりで絵を描いているときっていうのは、声に出さずにひとりごとを言ってるような感じがしていますね。

みなさん絵を描く人はそうじゃないかと思うんですけど、なんかあれこれ頭をよぎるわけですよね。

いろんな出来事とか、仕事の締め切りだとか。

ここはいつもと同じような絵になっちゃったから変化つけなきゃとかね。

色はもうちょっとブルーを強くしようかしらとか、ここは詳しく描かないでぼやかしたほうがいいかなとかね。

無念無想みたいな感じじゃなくて、いろんなことを考えながら描いていて、内面ではにぎやかにおしゃべりをしたり、ひとりごとを言ってるようなかんじ。

頭と心の中はにぎやかなパーティーみたい。

最初に絵を描くときのコツ

絵を描くとき、どこから手をつけたらいいのかわからないっていう人、多いのかもしれませんね。

池袋コミュニティ・カレッジには、みんないちおうスケッチブックと、色鉛筆や絵の具を持ってくるんだけど。

何を描いたらいいかわかんないっていうとき、わたしが白板に毎回、日にちを、例えば「２０２０年5月20日」と書くんですよ。それで、「本日のお言葉」っていうのがあって、ヒントっていうかテーマを、ちょこっと書くんですよ。このあいだは「ウイルスとわたし」って出したの。

みんなそれぞれ、自分のイメージのウイルスを描くのよ。でも、どう描いていいかわかんない人っているじゃない。それでも「マイペースで、何を描いてもいいのよ。恥ずかしくないんだから」って言っているうちに、みんな何か描くわね。

みんなが描いているあいだ、わたしはぶらぶら歩いてまわるの。アドバイスとかはしないんだけど、色をボーッとぼかしている人がいたら「あー綺麗」とか、「下のところ、このへんにちょっと人物がいたら面白いわね」くらいのことは言うのね。

そのうち、だんだんみんな自己流で描くようになっちゃう。

つくづく思うことは、女性はしなやかってことです。やっぱり生命力がありますね。どういうタイプの人でも、持って生まれたものがあるんだと思うんですよ。

恥ずかしくて描けないなんて人は、1回くらいは見物に回っているけど、次からは絵の具だけじゃなくて、そこらへんの綺麗な紙切れを破って貼ったりするの。

わたしが、「キャンディの包み紙をドレスの絵に貼ると綺麗でしょ」なんて言ってるうちに、無邪気な気持ちになるんじゃない？　「えっ、そんなことやっていいんですか？」って感じで。コラージュですね。

「紙切れだけど、これも絵の具の一種と考えればいいのよ」なんて、わたしも言って。

そこにボタンをくっつけたりして、絵が立体的になって、子どもが悪戯をするみたいになって、わくわくとたのしくなります。

絵は上手く描く必要はない

絵は、上手く描く必要なんてないんですよ。それは慰めで言ってるんじゃなくて、わたしの本心ですね。いかにも「上手いでしょ」っていう絵を描く人間になっちゃダメで、謙虚に描くようにね。

偉大なるサンプルとして、『星の王子さま』、サン＝テグジュペリの絵を見なさいって言うのよ。彼の描いた王子さまの絵は、決して上手くはないけど、世界的に愛される絵になったでしょ。

彼は、カフェのテーブルで落書きのように描いて、王子さまのキャラが出来上がったわけですよね。友達が「いつも君のらくがきにこの子が出てくるね、何?」って聞いて、「うーん」というようなことから『星の王子さま』が始まった。

『ふしぎの国のアリス』のルイス・キャロルも、絵と文を書いています。その絵をみんなに見せたんですけど、リアルなのに下手。それなのにユニークな魅力があるから、世界的に永遠の作品になっているわけですね。

この二つをサンプルとして薦めて、「上手いなんていうことはなんの自慢にもならない。自分が一本線を引いたら、それはあなたのもの。そこにサインをするあなたの作品なんだっていう自由さで」と説明しているあいだに、わたし、ノリに乗ってきて。「そうよ、それでいいんです。電話をしていて、しゃべりながら鉛筆でグニャグニャって描いたら、もうそれは作品なのよ」なんて、ノリノリになって言ってた。

でもみんなノリノリよ、自信満々なの。

自分の作品を発表するのは、普通は恥ずかしいものなのに、もう今では堂々と説明するんですよ、訳のわかんない絵を前にしてね。「これは今朝、お皿を洗うときに水道の水が光ってたんです。それを描きました。これは虹でもあり、祈りでもあります」とか。

それにみんなが拍手をするの。そしてわたしが締めの挨拶で、「今日もユニークな、ひとりひとり似たもののない個性的な絵日記を見せていただいて、本当に素晴らしいと思います」と言って、みんなで一斉に拍手をするの。自画自賛の拍手。

そうしたら、「お教室に申し込んだときはうつだったんですけど」っていう人が、今ではもう克服した状態になっていたりするのね。

もしかしたら、絵はうつに効くんじゃないかしら。

なんとか療法とかって、いろいろあるじゃない、そういうのに偶然適ってるんじゃないかなと思っています。そんなこと、全然計算しないで始めたんですけど。

皆さんを見ていると、のびのびしてきて、「発表したい人はどうぞ」とマイクを渡すと、習ったばかりのフラダンスを踊ってみたり、歌を歌ったり。もうみんな、この時間をチャーミングに活かしています。

物語の挿絵は自分で描く

親から聞いた話では、わたしは小さい頃、ノートや新聞の隅っこなど、白い部分があれば何か描いていた「らくがき少女」で、おもちゃなどは欲しがらず、鉛筆と紙があれば機嫌よく、おとなしくしていたようです。

ラジオから流れる物語の朗読を聴きながら登場人物を想像して描いてました。『ふしぎの国のアリス』『長くつ下のピッピ』『赤毛のアン』『愛の妖精』……。挿絵のない童話の本を読んでは、「もし挿絵を頼まれたら、こういうふうに描こう」と、作家になりきって物語に出てくる人物を想像して挿絵を描いていたようです。

貧乏画家は幸せ

有名な画家は、せまい屋根裏部屋で、孤独の中で寒さにふるえながら絵を描いて、誰にも認められないのに、亡くなってから作品が高く評価されて、絵にはおどろくほどの値段がつく。なんて気の毒、かわいそう‼　と子どもの頃は思ったものです。

しかし、大人になってわかることは、有名になるとか、お金持ちになることが幸せではなく、パンのはじっこをかじりながら、キャンバスに向かい、一生懸命絵を描いていた、絵の具と筆とキャンバス、それさえあれば、じつは、とても幸せだった‼と思えるのです。

若くして認められて、有名になり、華やかなパーティーを開き、お城に住んで、絵を描くひまがなくなってしまった画家もいますね。大好きな絵を描くことができなくなってしまったのは、あまりにも残念ですね。

第7章　ひとり時間のたのしみ方

自分だけ取り残された気分のときは

なんとなく世の中から、自分だけが取り残されていると感じるような瞬間ってありませんか？

周りの人たちが就職したのに、自分だけ留年してしまったとか、フリーターになっちゃったとか。同級生たちがみんな偉くなって、自分だけが取り残された気がするような、そんな瞬間ってない？

わたし、そういう気持ちは、きっちり味わいました。

イラストレーターになるまでずっと銀行に勤めていて、組織の中にいたわけですよね。学校に行って、そのあと銀行という組織にずっと守られていたの。その囲いの中からひとりぼっちで外に出たので、ピューピュー北風の中に放り出された感じでさみしかったです。

それはもう孤独のオンパレードでね、びっくりしました。一大決心して勤めを辞めたんですけど、朝起きてもスケジュールがないんで、ぐずぐずしてるんですよね。

自分だけ道に立っていて、世間の人は前に進んで歩いていく。自分だけが立ち止まって、川の流れの中に突っ立っている。そんな感覚なんです。自分だけが遅れているっていう焦燥感がありました。

家族の手前、とりあえず出かけて、古本屋さんを見たり３本立ての映画を見たり、とにかくひとりで行動しましたね。

でも、そうやって動いていると、いろんな変化が起きました。

だから、じっとして動かないでいると、自分的にテンションが下がると思うので、どんなつまらないことでも出かけて、バスに乗ったり電車に乗ったりして移動することですよね。うずくまっているとダメですね。

どんなにつまらないことでも、出かけたほうがいいんですよ。経験からそれをお勧めします。まずは行動ですね。

孤独をたのしむ趣味いろいろ

趣味を持つって、いいですね。

カラオケなんかはとってもいいと思います。歌うことがすでにストレス解消になりますし、カラオケでみんな好きな歌も時間も共有できます。カラオケはいい文化だと思います。自分からはあまり行かないけど、誘われれば行ったりします。

高尚な趣味などはいりません。針仕事ってあるでしょ。針に糸を通して、チクチク何か縫ったりするのって思ったより気持ちが落ち着くんですよね。役者さんとかにも、そういう方がよくいらっしゃるでしょ。

わたしも自分で針と糸を使いますけど、自分の指からこっちに、不思議なパワーをもらえるんです。やってみればわかります。

あなたも、何にもすることがなかったら針仕事をお勧めします。ボタンを付け替えたり、ブラウスの傷んだところを継ぎあてたり、針仕事はほんとにお勧め。

あとはお料理ですね。

料理を趣味にする

女の人は、お料理は平凡なことだと思ってるかもしれないけど、とんでもない。こんなにクリエイティブで、工夫していろいろ作れて、それが自分の健康にもグッドなことってないのでは。

刻んだり、炒めたり、煮たり、焼いたり。フライパンで炒めたりなんかしたら、そこからいい匂いがたちのぼります。湯気と一緒にアロマセラピーにもなるんです。アロマのサロンに通わなくてもいいいんです。料理してこんがりいい匂いを嗅ぐことは、ひとり暮らしの楽しみの相当なパーセンテージになってます。

カフェやレストランに美味しいものを食べに行ったら、「あら、こうやれば美味しいのね」って、それをヒントにしてみる。できあがった料理を食べるだけじゃなく、自分で工夫して創ってみることが楽しいんです。

道を歩いてて、パプリカ売ってるからちょっと買ってみる。キャベツや玉ねぎも買ってみるんです。「え、うそ、これで200円？ 安い」って、材料の安いことに感動したりします。お百姓さんがこれでいくらもらうのかしらと心配になっちゃうくらい、材料が安いんですよ。

ネギでも何でも買います。ジャコと一緒に炒めると風邪にいいとか、お薬なんですよね。八百屋のおじさんにね、「わたし、玉ねぎ買おうかな、玉ねぎは何やっても美味しい」って言ったら、「野菜は全部お薬だから」って言われました。それはね、全然嘘じゃないの。

ひとり暮らしで人からなんやかんや言われないから、自分で組み合わせた、オリジナルのお料理いくらでもできるでしょ。昆布とかジャコとかお野菜と組み合わせて、ここにあれを入れてみようかしら、ああこんな味付け、最後に卵でとじてオムレツかキッシュにしようかしらとか考えて、自分で作ってみて、とにかく自分で作ったものは美味しい。

自分には点が甘いから、「まあ美味しい」「良くできたと思います」みたいな感想を述べながら食べます。

おかげで、栄養剤とかサプリ、ビタミン剤とか全然飲んだことないんです。ほんとにお金かかんないの。申し訳ないくらい。

自分だけの特別メニュー料理

自分で料理すれば、自分だけの新しいメニューもできるの。

母がなにか作ってたのを見て、「ああ、あれもあるのかな」という感じで、トレー

ニングしたからかもしれませんが、思いがけないものができあがります。「仕上げに、ここにピーナッツを散らしましょう」と、いくらでも勝手なことができるんです。食べる時にはふわふわごりごりふわふわごりごりして美味しいの。

母には、「ちょっとこのトッピングとかいうのはやめてくれる、食べにくいから」なんて、言われたりします。

思いがけない組み合わせを発見するのが好き。「炒め物にリンゴの薄切りをちょっと混ぜてみます」とか言って混ぜて、「ほんのり甘みが加わって全体が柔らかくなりますね」なんて。お料理の先生みたいなつもりになって、「とても良くできました」「お見事」と、自画自賛してます。

薬草もガーデニングで

わたしはベランダでいろいろな植物を育てています。

笑ってしまうのは、ドクダミとかアロエとかの薬草類が、ちゃっかり鉢植えになっているところです。その葉っぱをちぎってちょこっと食べたりします。

アロエなんかはほろ苦いんですけど、薄切りにしてコップのお水に入れておくとアロエ水ができます。これは美容にすごくいい、お通じの悪い人などにすごくいいんです。

お皿洗いは孤独に効く

お皿洗いってとてもいいいんですよ。

ある画家のお家の別荘のパーティーに行ったら、みんなで和気あいあいとワイン飲んだりご馳走食べたりしてる間に、キッチンでお皿を洗ってる人がいました。

みんなが行く飲み屋のママなんだけど、ずっと皿洗いしてるから、「もうその辺でおやめになってみんなと召し上がって」って、わたし声をかけたんです。そしたら「わたし、これが一番落ち着くんです。お皿洗いって大好きなのよ」って、ウィンクしたような表情をしたの。

家に帰って洗ってないお皿があったので、泡ぶくぶくのスポンジで洗ったんです。そしたら、気持ちいいんです。あのママが遠慮して皿洗いしてたんじゃないってことがわかったの。本当に気持ちがいいし、社交的な会話なんかしなくて済んで、いろんなお客様から解放されて、お皿洗いの後は流しをピカピカにして、スッキリしてニコニコしているんです。微笑んで仕事してたわけです。

わたしもこれだと思って。煩わしいことを避けるにはいいんですよって。お風呂を洗って、ジャーって最後お湯をかけるでしょう、綺麗に、その時にも頭がすっとするんですよ。

だからデスクワークする人に最適なんです。積極的にやると、洗い物はいいですよ。たまに映画スターでもいますよ、趣味は家族の食器洗いっていう人。

言われる前に洗っちゃうのよ。奥さんから「あらすごいわ、うちの人」ってほめられるから。嫌々やるとカッコ悪いの。いそいそと、パリのカフェのギャルソンみたいにね、軽やかに洗えばいいのよ、たのしんで。

ああいう人たちがグラスを洗って、ナフキンでキュッキュッキュッと磨いたりするのってカッコイイですね。

コンサートや個展や映画のたのしみ方

コンサートってたのしいですよね。その瞬間をありがたいと思ってたのしみます。

個展はいつも感心しちゃう。「わー、素敵ねー」って。知り合いの方の個展だと、ちょこっと買ったりします。

好きな美術館は、文京区の弥生美術館とか、渋谷のBunkamuraとか、上野とか。美術館って大好き。

映画も大好きです。椅子に座って、始まる前のあのときめきは、何にも代えがたいわ。暗闇の中で、知らない者同士が笑ったり、シーンとしたり、お友達みたい。

パッと電気がついたら右に左に別れるんだけど、素敵な空間と時間を共有したのよね。

今、小さくてコンパクトな空間の中で見るのが流行っているけど、映画館はすごくたのしいわ。

お家でできるたのしみ

もともとわたしの場合は在宅ワークだから、コロナ禍であろうとなんであろうと変わんないんですよ。

わたしは脳トレと筋トレで生活ができているから、家の中でも体を動かしています。ちょっと体をひねって物を取ったりして、ストレッチはできるし、自画自賛で体にいいと思います。

それと、栄養たっぷりの自己流のお料理を作ったりするのが一番のたのしみかな。これとこれを混ぜてみようとか、ここにこれをプラスしたらどうかしらとか。素晴らしい味だなーって。健康食ね。

あとは、ホテルのバイキングみたいに、いろいろなものをちょびっとずつ取って、ワンプレートにのせるというのが大好きなの。それを自宅でやっています。少しもゴージャスじゃなくて、粗食なんですけど、一口分ずつお皿にのっけるのよ。そして、コーヒー、紅茶、日本茶をちびちび飲む。

毎日同じものじゃなくて、今日はマーマレードをのせてみましょうとか。コーヒー、紅茶、日本茶のほかに、水も飲むんですけど、水の中に切った昆布と、アロエの葉っぱと、パセリとレモンを入れたりするの。これは素晴らしく美容にいい飲み物だって、自画自賛してね。

ほかの人から見たら、ボケちゃったのかしらって思われるかもしれないけど、とてもたのしくて。オリジナルだから。

ひとりのたのしみって言ったらそんなことね。

妄想についていては、わたしはいつも屋根裏部屋の苦学生が理想だって言っています。モデルは『若草物語』の姉妹とか、いろんな人がいますよね。

心の中にいつもある部屋として、机の向こうにハンモックがあって、疲れたらそこで休むとか妄想してるんですよね。ハンモックを吊るすところなんてないのに、あったらいいなあって妄想しています。

音楽は何でも好き

音楽は、ジャンルを問わず何でも好き。

特にジャズを聴くと、血流がよくなってウキウキわくわくする感じはあるわね。フォービートやビッグバンドの演奏も好きだし、シンプルなアコースティックも好きだし、スタンダードな歌も好き。

わたしの部屋には、『Over the Rainbow』とか、オーソドックスな、映画音楽のいろんな歌詞が貼ってあります。一番好きなのは何って言えないけど、それを呼吸法としてちょこっと念仏の代わりに歌ったりします（笑）。

クラシックは頭がスーッとします。おでこが涼しくなってね、すごいおおらかな気持ちになるんです。クラシックっていったって、ベートーベンとかハイドンとかだけじゃないの。ショパンとかモーツァルトのピアノ曲をお部屋に流すと、心の景色が変わります。作曲した人はみんな死んじゃった人じゃない。だからクラシックや古典的な音楽を聴くとね、ああこの方たちもこんな素敵な曲を提供してくれて自分は死んじゃったんだと思うと、心の慰めになるの。お墓に入っちゃった自分の家族とか知人がいるじゃないですか。天国に行っちゃった人達とお知り合い仲間っていうか、そっちの方にいらっしゃるんだなぁと思ったりして。

それぞれの曲に特徴があるからジャズとクラシックを両方チャンポンにかけてます。すごく励まされるんです。

クラシックは魅惑的な青春時代・少女時代を連れ戻してくれるというか、永遠の魅力がありますね。

読書するたのしみ

本棚にいろいろ味方が潜んでます。

面白い本、探偵小説やイギリスのちょっととぼけたユーモラスな本を読んだりするのがいいですね。

ネットやゲームで目の前のことで気を紛らわせないで、本のページは目も疲れないし、いつ開いてもいいし、いつ閉じてもいいし、コーヒー飲みながら本読むのは最高。

だって本の中にいっぱい友達がわんさかいるんです。

「風のように本を読む」

ぶ厚い、活字がびっしり並んだ本は、本当に素敵で、頼もしい存在です。

しかし、残念なことに、いざ読もうと身がまえると、なにか不思議な力に圧倒されて、「またゆっくり。落ち着いた時に」などと、もじもじ棚にもどしてしまいます。

そんなある日、外山滋比古先生のご著書の中に、「風のように読んで、風のように考える」というお言葉を発見。一字一字、きっちり読み進めるのとちがい、風のように頁の上を吹き渡るような読み方。そして、風のように考えると、思いがけない角度から、ひらめきがみつかる……。

そんなわけで棚のぶ厚い本に、手を伸ばしたいと思います。

わたしがスマホを持たない理由

わたし、スマホを持っていないんです。こう言うと、何かポリシーを持っているみたいに聞こえるんだけど、実はポリシーがなくて困ってるのよ。なくて済ませられればそれでいいと思っていたの。今もわたし、万年筆で書いているんですけど、手書きの原稿をレターパックで送っているのね。

それで、モノをはっきり言う女性の編集長に、「こういうのって、少ないんですかね？」って聞いたら、「あなたひとりです」って言われて、ショックを受けちゃった。

なので、「年寄りがパソコンを習う教室もあるらしいので、パソコンを買ってやってみます」って言ったんですよ。

これまで「こんなやり方、今どき、牧歌的すぎてダメですよね」って言うと、みんな気を遣ってくれて、「ほかにもいらっしゃいますよ、そういう方」と言ってくれてたのですが。

わたしなんか昔の人で、固定の黒電話の時代の人なので、スマホとか訳わかんないわけ。

電車の中で、みんな下向いてやってますよね。喫茶店でもカップルが両方ともスマホをいじってるじゃない。すごく変だと思うし、なんだろうって思ってね。浦島太郎よ、ほんとに。

ポリシーがあってとかじゃなくて。

携帯ショップの人が、「迷子になったら、今どこにいるかとか、どこで電車を乗り換えるかとか、なんでもわかるんです」って言うんです。

でも、そんなの、交番で聞いたらいいじゃない。なんでいちいち指で調べるのかしら。昔、狼煙を上げて場所を示したり、ああいうほうがわたしには合ってるわけ（笑）。

もうこれ以上、情報は必要ないっていうか、頭一杯、おなか一杯。年をとったら、もうぎっしり入ってて、削除しなくちゃならないくらい。

そこにまた、新しい知識はどうかしら。時代遅れ？　わたし、ミイラみたいに思われるかも。

このあいだ、外でガラケーで写真を撮っていると、原宿の若い子たちが、「うわー」って言って。「それを使ってるところ、写真に撮っていいですか？」って聞かれたの。「なんで？　これ便利じゃない」と言ったら、「コレ、まだあるんですね」って言われて。もう、みんなうれしそうでした。

先日、「ガラケーがなくなるから、スマホにしてください」ってパンフレットをもらったんです。その写真を見ると、平らで、ツルツルで、なんだか愛着が湧かなくて。

でもまあ、持ってみたら、すごくたのしくなって、意外にマニアになるかもしれないと、かすかな期待も？

力をぬいて逆らわず

草木や動物から学ぶ。
嵐の中、力をぬいて逆わず
相手のなすままにまかせて、
しかも、自分を失わず、そこなわず、
根をはって、実力を充実させる。（メモ帳より）

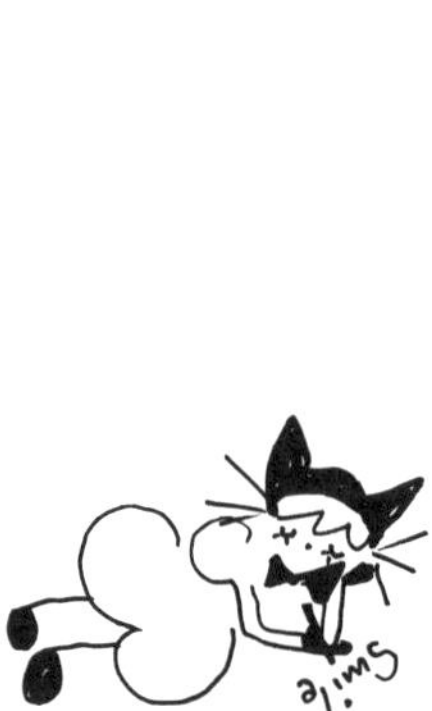

第8章　ひとりで生きること

動けば変化が起きる

もともとわたしは、趣味でイラストを描いていたんですが、ちょうど銀行に1年勤めたところで、松本かつぢ先生という恩師に出版社を紹介されたりして、なんだか二股かけているような感じがあったんですよね。

お勤めと絵の道に行くのと二股かけているっていうような。絵のほうは何も見通しがついてなかったんですけど。

絵の仕事は、飾りのちっちゃなカットとかをいただいていたんですよ。だけどそれは、交通費にもならないような原稿料だったの。

ただ、その道筋を先生につけていただいたことがありがたくて。

どっちかにしないといけないと思い、とりあえずお勤めを辞めて、大変でも絵のほうでやっていこうって、ひとりで決心しました。

そう決めたとき、かつぢ先生から一言いただきました。

あまりの大御所で、こちらから質問したことなんてなかったんですけど、「今の状態で会社を辞めて、一本立ちしても大丈夫でしょうか?」と聞いたら、先生は「そんなこと、誰にもわからない」とおっしゃったの。「いけるかいけないか、そんなこと、誰にもわからない」と。

それを聞いたら覚悟が決まったのよ。不思議ね、人間って。先生がそうおっしゃったのを聞いて、シャンとしたの。よくそんな正直な素晴らしいお答えをくださったと思いました。

そのとき、誰にもわからないと先生が保証してくださらなかったので、「あ、そういう世界なんだ。オッケー、わかりました、頑張ります」という感じだった。

それで辞めたんですけど、ほんと見事に仕事がなくて。ちっちゃなカット一枚使うのに10枚も描いて、この中からどれか選んでくださいなんていう状態で。

とにかく仕事がなくてね。先生が紹介してくださった出版社の方っていうのは、まっさらな紹介って言うよりも、先生が何かのついでに、「この子は絵の勉強をしてるんだ。絵の仕事をしたいと思ってるんだ」と軽く言ってくださったかんじだったの。

頼むほうも、海のものとも山のものともわからない新人に、仕事なんか頼めないので。そういう宙ぶらりんの状態が2、3年続いたんですよね。

親からの借金生活

親には正座をして、「愚痴は言いません、後悔しません、経済的負担をかけません」と、三つの誓いを立てたの。

だから親も、特に反対はしないで黙って聞いていてくれた。

それで、神保町の古本屋で、海外雑誌なんかをパラパラ見たりしてたの。

『エル』とかフランスの雑誌って、なんてカッコイイんだろう、レイアウトが日本の雑誌と全然違う、とか、ファッションの写真が、わざとピンボケのような、風が吹いているような写真だわ、とかね。日本の女性雑誌にはない素敵なレイアウトなんかを見ながら、ひとりで感心していたんです。

お気に入りのページをスクラップしたり、３本立ての名画座で外国の映画を見たり。当時は、お金も仕事もなかったんですけど、時間はすごくあったんですよ。それでひとりでいろんなところに歩いて行って、銀座や新橋とかの映画館でフランス映画を見て、女優さんのヘアスタイルやファッションをあとでスケッチしたりして。

いつ仕事が来るかわからないのに、そんなのを描いていたんです。

その期間はけっこう大変で、それこそ日記のお世話になりました。わたしは、小学４年生から日記をずっと書いていたんです。その当時も、ファッションの情報をいっぱい日記に書いていました。

夕方家に帰ると、母が「どうだったの？」と聞いてくるの。それで「うん、うまくいってる」とか嘘をついたりして。

その頃は借金生活でした。交通費もなかったんです。だから母からお金を借りて、「あとで返すから。仕事が順調になったら返します」って借りていたんです。

チャンスの到来

そうしているうちに、講談社の『少女クラブ』の編集長に素晴らしい方がいらっしゃって、その人が、「いつもあなたが持ってるノート、ちょっと見せて」と言われたの。

それは、わたしがいつも抱えていた小さいスケッチブックだったのね。その編集長がそれ見て、「あれ？　自分で描く絵は、こんなに自由に描けるのに」と。

頼まれたカットなんかはカチカチに緊張して、美術学校も何も出ていなくて独学だから、黒いインクで描いたりして、固い絵になっちゃってたんですよ。

そうしたらその編集長が、素晴らしいお言葉をくださったの。「あなたは自分で自由に描くと、こんなにのびのび描けるのだから、うちの雑誌をスケッチブックだと思ってお描きなさい」って。

すーごく嬉しくて、「ありがとうございます!!」とお答えしたの。

ちょうどその頃、ある画家の方が高熱を出して、ユーモア小説の挿絵の締め切りに間に合わなくなった。それで、「悪いんだけど、明日の朝まで描ける?」っていう話が来たんです。

「もちろんです」ってことで、10ページくらいのユーモア小説の挿絵を徹夜で描いて、あくる日、10時までに音羽の講談社に届けたんです。『少女クラブ』の夏の増刊号だったかしら。

それが発売されたとたん、いろんな少女雑誌から分厚い速達が家に届いたの。『少女』とか『りぼん』とか。『ひとみ』っていう本もあったわね。

なんだろうと思って見ると、「あなたが『少女クラブ』増刊号で描いた絵みたいなのを、うちの雑誌に描いてください」という依頼の手紙が入ってました。

もう、びっくり。それまでは、女の子の絵は頼まれなくて、お花のカットとか、小鳥のカットとか、そういうものだったんだけど、ウインクしている女の子の顔なんか、かわいいのを自由に描いていいって仕事が舞い込んで、それから寝る暇もないくらい忙しくなっちゃいました。

その当時の雑誌社って、原稿料を取りに行くようなシステムだったのね。小学館とか集英社とかに取りに行って、初めて3万円を超えたときに、公衆電話から家に電話して、「お母さん、3万円」と伝えたら、母が「あら、よかったわね」なんて言って。

それからは、いろんな雑誌から、巻頭二色とか、ファッションのページとかが入ってきたものだから、おかげさまで収入が増えて、借金完済。ホッとしました。

ひとりでさまよっていたときは、夜、家に帰るときに、電車とかバスのガラス窓に映る自分の顔を見て、「うわー。こんなにやつれちゃって。なんとかしてあげましょう」と思った覚えがあります。

どんな人が本当に強い？

どんな人が本当に強いんでしょう。

拳を振り上げて、眉毛を逆立てている人が強いんじゃなくて、ひどい目に遭ったときに、静かに微笑むことができる人が、一番強いんじゃないかしら。

「あの人、あんなひどいことを人に言って……。自分が言う側じゃなくて良かったわ」とか、自分の内面に向かって微笑むことができるのが強いと思う。

外に対して肩に力が入って、固くなっている人は強くない。ふんわりしていれば、怪我もしない。体が柔らかく、心も柔らかいこと。結局それが一番強いと思うの。

「この人、強いな」って思う人って、パッとは思い当たらないけど、まあユーモアが

わかる人かな。どんな状況でも、笑いに持っていける人は強いと思うわね。

ユーモア感覚、ユーモアのセンスっていうか、洒落てるって言うか。そういうものを持っている人ね。

辛いときに辛い顔をしてるっていうんじゃ、そのまんまで面白くないんだけど、辛いときにも微笑める人は強いと思う。

アウシュヴィッツの強制収容所とかで助かった人と助からなかった人に、いろんなエピソードがありますよね。

囚人たちがぞろぞろ行列している中で、すごくたのしそうな人がいたんで、「なんでたのしそうな顔してるんですか」って聞いたら、「いや、いま手品のネタを考えながら歩いていたんです」って答えた人がいたっていうの。

何かに夢中になるって言うか、興味を持っているものがあると強いのよね。

孤独と健康は関係あるのか

孤独と健康って関係があると思います。さみしいと、リンパの流れを悪くするっていうか。健康の本を読んでいると、そういうことが出てきますよね。

毎日の健康の習慣にしても、何をやるにも筋トレだって意識しているの。

一番はやっぱり呼吸法ですね。鼻から吸って口から吐く。深呼吸をすると手足がポカポカしてきますよね。酸素が血管に行き渡るイメージで深呼吸をすると、ポカポカしてきますね。

やっぱり、「これは健康にいい」って暗示をかけると効くみたい。

コーヒーと健康の関係も同じね。コーヒーは若い頃から大好きで、ネスカフェのコマーシャル、「ネスカフェ、アムステルダムの朝は早い、ピロピローン」って鳴ると、暗示にかかってコーヒーを飲むんです。

コーヒーは頭にいいって決めているんですよ。苦くて濃いめのコーヒーが大好き。

両親の介護の思い出

わたしは、両親とはたっぷりつきあったし、二人とも長生きしてくれたの。

介護や病院へのお見舞いで忙しかったんですけど、孤独ってことはなくて、目いっぱい働いて一生懸命にお世話をしました。

今は、二人に囲まれている赤ちゃんのときのわたしの写真を飾って、毎朝話しかけているの。

わたしのDNAっていうのは二人のものを引き継いでいるから、性格のいいところは二人からのもので、性格の悪いところはわたしのものですって、毎日お祈りしているから、全然さみしくないわ。

母や父については、わたしの母は90歳を過ぎてもボケなかったんです。ベッドで介護の人ともお話ができてね。

ただ、腰の骨を折っちゃったから動けなかったんですよね。心臓が弱って亡くなったんですけど。

父は脳梗塞だから少しボケがあったの。当時、88歳でした。

救急病院で脳波をとって、その報告を受けたわたしが泣いていたら、お医者さまが言ってくださったの。「年をとれば、こういうことがあるのは当たり前なんです」って。「お元気なときのお父さまと今を比べないでください。お元気なときと比べると悲しくなると思います」って。

「ああ、比べなければ悲しくないんだ」って思ったわ。ありがたい言葉だと思いました。

みんな親が認知症になったりすると、元気なときと比べるわよね。でも、元気なときと比べないで、今を見るってことが大切ですね。

池袋で絵日記教室

鎌倉に、マトリョーシカの研究をしている沼田元氣さんって、ちょっとメルヘンの国に住んでいるみたいな人がいらっしゃるの。もう20年くらい前に、池袋のなんとか館っていうお洒落な建物の中で、その人が主宰する「乙女の講座」っていうのがあったの。

そこに、ゲストとしてお邪魔したら、池袋コミュニティ・カレッジ（コミカレ）のスタッフの関川さんという男性が出席していて、「うちのコミュニティ・カレッジで講座をやってもらえませんか」って言われたのよ。

「うわー、わたし、そういうのは苦手なんですけど」って言ったんだけど、3か月だけっていうことで「はい」って引き受けたの。

「火曜日の午前中は人が少ないので空いています」とのことで、「じゃあ、火曜日の午前中にしましょう」って始めて、もう10年くらい経っちゃった。今ではクラスが40人くらいになって、キャンセル待ちが半年ってことになったの。

生徒さんは女性ばっかりなんです。カリキュラムもはっきりしていないし、何を教えるってこともなく、「絵日記を描きましょう。絵日記を描くと日常がたのしくなるわよ。今日という日は、昨日でもない明日でもない特別な日だから、今日をちょっと記録しましょう」って感じなのね。

ただそれだけのクラスなんですけど、皆さんが自分たち同士でたのしんで、わたしがどうとかじゃなくて、クラスメートがみんな友達になって、わくわくと、すごくたのしんでいるの。

わたしは月に2回、火曜日の午前中に池袋に行って、そういうのを続けています。毎回テーマは出すんですけど、終わってからお昼を食べたり、茶話会をしたりみたいな感じです。

みんな個性がそれぞれで、「絵なんか『上手い下手』なんてないからね」って言うんですよ。それがテーマだから。

「人に上手いって褒められることなんか期待しないで、自分で自分を驚かしてあげればいいのよ」って言ったら、みんなすっごく才能発揮して。

2時間の授業が終わって、前に作品をバーッて並べて、何を描いたか、ひとりひとりがマイクを持って説明するの。もう、似ても似つかない個性が炸裂するんですよ。

逆にわたしのほうがびっくりして、刺激を受けて教わることが多いという逆転劇なんです。

わたしは「皆さんは自慢の娘たち」って思っているのです。

困ったときは脳が喜ぶ

脳科学者・茂木健一郎先生のご著書の中に、「困ったときは脳が喜ぶ」というお言葉を発見。

困ったときはふつう、脳が立ちすくんで、動きをストップさせてしまうイメージを持っていたのですが、じつは、そのとき脳は「さて、この場合、どうしたものか。あでもない。こうでもない。いやまてよ」などと、とても意欲的に問題解決に向けて活発に動きはじめるとのことです。

こんな有難いことがあるでしょうか。

わたしは荒波にもまれているときに助け舟が現れたような気持ちになり、次から次へと困り事にこと欠かない自分の脳に向かって、「本日もよろしく」と明るくあいさつしているのです。

旅行が大好き

自分で旅行の計画はたてないのですが、人から、何月何日から何日間で行きましょうよと誘われたら、すごいスケジュールがピンチでも旅行は断りません。無理してでも行きます。

この間もベトナムに行きました。中鉢容子さん（サンリオ『いちご新聞』編集長）の結婚式では、途中の仕事を持ってハンガリーのブダペストまで行きました。ホテルは必ずシングルにしてもらって、どこでも仕事します。ベトナムでも絵本の下絵描いて。スケジュールを一日くらいキャンセルして自分の部屋にいる日を作って、そこで仕事するんです。

日本もいいんですけど、外国を見るのは、目からいろんな情報が入ってきて、いろ

Stand
Alone

んな人々を見ることができて、最高にたのしいですね。

飛行機も大好き。隣の席の、知らない人とお話もできるし。ホテルはホテルで、それぞれ特色があるから、それぞれへぇーと感心します。

言葉は片言ですけど、通じさせようと思えばだいたい通じるし、2～3人のグループで行ったら、必ずしゃべれる人がいるでしょう。その人に依存すれば何とかなるし。

あと、空港もすごい好きなんです。荷物をもって各国の人が、それぞれのやり方で手続きしたりするの、ジックリ観察するのがすごく好きですね。

竹久夢二とドクダミの花

竹久夢二の絵には、弥生美術館でも伊香保の記念館でも出会えます。ご自身の、うっとりと窓辺で想いにふけっているようなロマンチックなお写真からは想像できないような旺盛なお仕事量に、まずおどろかされます。『宵待草』などの抒情画はもとより、本の装幀などの新しいデザインセンスには圧倒されます。

そんな中、個人的には、ドクダミの花です。あまり絵画には登場しない薬草ですね。白い可憐な花。ハート型の葉っぱ。その香りの強さ。その花がお気に入りらしく、恋人の帯に、手描きのドクダミの花が。なんとなく花としてはあまり脚光をあびないのですが、さみしそうなのに強い花です。私は好きです。

わたしの好きな人生の詩

大好きな詩があります。

ステアさんという85歳の女性がつくられて、わたしの大好きなエッセイスト、熊井明子さんが訳されました。本当に素敵な詩です。ここで、紹介させてください。

「もう一度人生をやり直せたら」

ナディーヌ・ステア（85歳）
熊井明子訳

今度は思いきって
もっと多くの失敗をしてみよう
リラックスしてもっとしなやかになろう
この人生の私よりもっと
　おバカさんになろう
ものごとをシリアスにとることは

　より少なくしよう
より多くのチャンスをとらえよう
もっとたくさんの山に登り
もっとたくさんの川で泳ごう
もっと踊ってもっと
　メリーゴーランドにのって
もっとたくさんのデイジーをつもう

「ジェームス先生」

じつは、わたしには家庭教師がいるんです。
心強いです。常識にとぼしいわたしにいろいろ社会勉強をみっちり教えて下さる方。

お名前はジェームス先生。
毎日、朝と夕方きちんと来て下さり、雨の日のビニールのレインコート姿も素敵です。
これは、新聞のことです。
朝刊と夕刊。毎日、お会いできてうれしいです。

人生のアマチュアでいたい

「仕事をしている時、長袖だと息苦しくて、折り曲げた肘のところで、考えが止まってしまうような気がするのよね」

学校を卒業して、某銀行の重役受付で一年ほど働きましたが、絵の仕事につくために辞表を書きました。

「ビルの屋上から外をながめてたら、ひとりのルンペンのおじさんがゴミ箱をあさってるんですよ。〝わぁ、自由業っていいな〟と思ったのでした」

まるで冗談みたいな話ですね。

「なるべく生きることに素人でいたいんですよ。安定して、少しずつモノのわかってきた今でも。『間違えておとなになったような人』という色紙をプレゼントされたし。ある年齢になると、みっともないからしないように気をつけるのが普通でしょ。でも、わたしは失敗を苦にせず保身にエネルギーを使わないようにしているの。いつまでも人生のアマチュアでいたい」

《付　録》　ひとり元気がでるわたしのお気にいりの言葉

この章ではわたしのお気にいりの言葉たちを紹介させていただこうと思います。
ひとりぽっちのときそっと心の中でつぶやくと元気になれる言葉です。
わたしがメモ帳に書いた
膨大な言葉の中から選びました。

・しあわせ感は揮発性だ

『つれづれノート』とか、銀色夏生さんはいろんな本を出されていますが、その中の、「揮発性」ってのがセンスいいと思ったんです。幸せって思っても、次の瞬間すぐ消えちゃう。それを実感して、長引かせるためにみんな努力するんですけど、「揮発性」という言葉が、すごく響きます。

・悲しいマリーと嬉しいマリー

アランの『幸福論』に出てくるマリーちゃんは一週間幸福で、その次は不幸だって、一週間ごとに気分が変わるんです。それをあんまり精神的に受け止めなくても、体の問題だからとアランは言うんですよ。一週間で変わるっていうのは体の中を流れる液体のせいだっていうの。それがすごいよかった。

・もう一度好きになる

剣持かずえさんは『赤毛のアン』を少女時代から愛読していて、大人になってまた振り返ってますます惚れ惚れしたとおっしゃってました。子どもの頃の自分をもう一度振り返るって、すごく大事なことですね。

・「スマイル」

「Smile」っていう歌があるのよね、♪Smile♪　微笑めば曇り空もやがて太陽が見えてくる、みたいな、微笑みの大切さの歌なんですよ。ナット・キング・コールが歌って大ヒットしたジャズ。大好きな歌です。

・もう一人の自分になる

自分を励ますもう一人の自分を設定する。そうすると心強いですよね。もう一人の自分はすごい大切、もう一人の自分を育てるってクールでしょう。孤独にも効きます。

・贅沢貧乏でいきましょう

森茉莉さんの『贅沢貧乏』って本がありますよね。その本が大好きで、わたしの原点といえます。茉莉さんは夢見る力で、ぼろアパートなのに、自分はパリに住んでるって妄想して、贅沢と貧乏を一つに混ぜた夢の世界を作ったんですね。わたしの憧れの世界です。

・今日は明日の前の日

白洲正子さんがおっしゃった、日記などにぴったりの言葉。今日は明日の前の日だから、という意識をもって今日を生きる。今日は明日の前の日なので大切。今日どう生きるかで明日が影響を受けるのだと思います。

・捨てないで

まあ、わたしはゴミが好きってことになってますけど、「捨てないで」ってゴミがわたしに囁きかけるからなの。だから、身の回りに物がたまってます。

・パリジェンヌは日常を楽しむ達人

いろんなパリジェンヌにインタビューしたドキュメンタリーをテレビで見たんです。一人は「街角の石畳のここの場所が好きなんです」って言うんですよ。古いおうちの天井の柱のカーブが好きという人もいて。パリジェンヌは何でもない日常をたのしむのがうまいと感心しました。

・日常の些事に命あれ

高村光太郎の詩の一節。これが、たのしく生きるコツだと思います。荒井良二さんも、隙間が好きとおっしゃってましたが、メインじゃないところに、隠れたところに宝物が埋まってる。みんなが見つめるところじゃないところに、うんうん、そういうようなことかなと納得しています。

・空の星を見上げている

オスカー・ワイルドの戯曲にある言葉。わたしたちは汚いところに、汚水槽みたいなところに住んでるんだけど、わたしたちの何人かは空の星を見つけることができる、っていうことを言ってます。みんな薄汚れたところにいるけど、何人かは空の星に気づいているって、まあちょっといいなあと思って。

・おいしいご馳走を食べるみたいに

田澤茂先生という年配の絵描きさんがキャンバスに絵を描きながらひとりごとを

おっしゃってたの。ご馳走を食べるみたいに終わっちゃうのがもったいないみたいな気持ちで絵を描くって。喜びながら描いたらすごいたのしいんですって。

・最初の人間のようになって言い表す努力をなさい

リルケが若い詩人に出した手紙の中で、人類の初めての人みたいに、大人になって目が汚れてしまわないように、初めて見るみたいに世の中を見て、風景を見て、それを表現することが素敵な詩を書くことだとおっしゃったらしいのよ。うわあ、いいなと感動しました。

・命をプレゼントされたわたしたち。
プレゼントのお返しは表現ということ

命は自分が予定しないのに授けられたものだから、偶然ね、それにお返しするのは、何かを表現、作品をつくることじゃないかって萩原朔美さんが、どこかに書いていたと思います。もらったお返しに表現をって、素敵ですよね。

・一日一絵

画家の藤田嗣治の言葉としてテレビで紹介されていた記憶があります。画家って気まぐれじゃダメ、怠けていてはダメ、勤勉なほうがいい。一日一枚描くくらいの気持ちじゃないと、ということではないでしょうか。身が引きしまる言葉です。

・蚕が桑の葉を食べるように本を貪り読んだ

外山滋比古先生が言ってたの。素敵ね。ムシャムシャバリバリ音がするように読書した感じでさ、すごい素敵よね。先生は、風のように読んで、風のように考えるとか、すごく感覚的なフレーズがお得意ね。

・もう一人の僕がやってくれるでしょう

石田衣良さんが、小説書くときに、自分を楽にするためにおっしゃってるフレーズのようです。要するに、僕が書いてくれるから、あなた同様、僕もたのしみですって意味だろうと。そういうノリでね、仕事とかやったら気が楽でいいなあと思いました。

・喜びはゲーム

ポリアンナは赤毛のアンと並ぶポジティブな女の子の代表。プレゼントを順繰りに回して松葉杖が当たっちゃった彼女がちょっとがっかりしたときに、「それを使わない体でよかったね」って、父さんから教わった何でも喜びを探すゲームのように考えるっていう発想法です。

・集中する時にリラックス

元大リーガーのイチローの言葉。集中するときに力を抜くっていうのはアスリートの鉄則。それで力が出るんですよね。

・天使のように大胆に、悪魔のように細心に

黒澤監督の座右の銘ですよね。お洒落な言葉ですね。

・やっぱり発想力だ

絵本作家の荒井良二さんが言ってました。発想力がエネルギーなんですね。

・ウェルカム トラブル

ケネディ大統領が政情のピンチの時におっしゃったらしいんだけど、前向きな若々しい大統領のカッコイイ言葉だと思いました。

・スーパーカリフラジリスティックエクスピアリドーシャス

ディズニーのミュージカル映画の『メリー・ポピンズ』の中で、メリー・ポピンズが歌う早口言葉。

・人生は全てがパフォーマンス

レディー・ガガがインタビューで語っていた信条です。そう思うと、なんか華やいだ気持ちになりますよね、確かに。

・素敵、大好き

草間彌生さんの自画自賛。素晴らしいと思ったのは、彼女が自分の絵をばーっと並べて、それを見ながら、あーこれ好きって、臆面もなくおっしゃって、それを映像で見たんですよ。で、ためらわずに自分の作品を「大好き、素敵」と言ってしまおう、とコミカレ（池袋コミュニティ　カレッジ）で話しました。

・ふんわりした雲のように

死ぬとか病気とか、苦しいこともふわっとした雲のように受け止める修行っていうのを見たことがあって。読んだチベット仏教の経典の中にあって、感覚的になるほどと思いました。その頃はそういうのにいっぱい出合ってたので。おまじないの言葉みたいにね。

・絵が君に恋するように描け

サルバドール・ダリは草間彌生さんと同じように、描いた絵が、あなたに恋するように描けっていうの。これは結構、コミカレのクラスで効き目がありました。受けましたね。

・第三の目で自分を見る

客観的に見る、もう一人の自分ってさっきありましたけど、そういう目があるといいですよね。

・レモネードが飲みたかったら目の前のレモンを絞りなさい

準備が必要っていうかね。はい、わかりましたってかんじね。

・説明しないで感じさせる

それはね、わたしからのコメントはね、「どきっ」。つい説明しちゃうのよね。

・不幸になるのは易しいが、幸福になるのは難しい

アランの『幸福論』から。なるほど、ほんとね。なるほどってかんじね。

・経験は最高の教師だ、ただし授業料は高い

イギリスの思想家トーマス・カーライルの言葉。そうですよね、ほんとに。そのとおり。

・驚きとクレイジーと美が必要

コンテンポラリーダンスの振付家・舞踊家のピナ・バウシュが言ってました。励まされます。

・考え込むな、手を動かせ

頑張りますって感じね。普通、白い紙を見るとね、さてどうしようって考えちゃうんですよね。横浜の朝日カルチャーの荒井良二先生の塾で、こう教えられました。私が「考えないで手を動かせばいいんですよね、はい、わかりました」って答えたら、

「ちょっとは考えてくれる？」ですって。

・にもかかわらず

にもかかわらずって、何事もそういうふうに考えるといい面が見えるみたいですね。お医者さまで作家の鎌田實さんのお話です。

・案出すること

宇野千代先生の生き甲斐は案出することだっていうのをエッセイで読みました。会社やってたんだけど、その経理が上手くいかなくて数字をノートに書きまくったりして、つくづく自分は案出することが生き甲斐だってわかったって。なるほどと思いました。

・人生は予期してなかったプレゼント

いつも言ってるように、さっきもあったように、予定してなかったプレゼントとしてもらった人生だから喜んでいただこうってことじゃない。大好きな言葉です。

・時間があるときに書く気にならず、書きたくなったときには時間がなかった

赤毛のアンの作者モンゴメリが言ってたそうよ。面白い。そうなんだって安心するというか、やはりそうなんだって、ホッとするっていうか。

・みんなちがって、みんないい

金子みすゞさんの詩から。ほんとほんと、ほんとにまさに古くならない言葉ですよね。

・こんがらがった糸はふうわふうわと急がずにほぐす

心理学者の河合隼雄先生の教え。これは、とっても参考になる言葉で、ついきっちり頑張ると逆効果っていうことど。ふんわりがすごいキーワードになりましたね。

・**大事なことは目に見えないんだよ**

サン＝テグジュペリの『星の王子さま』の一節。そうですね。心に沁みる言葉ですよね。

・**出る杭は打たれない**

フランスの観光バスのガイドさんに「フランス人と日本人の違いは何ですか？」って聞いたら、観光と全然関係ない質問なので、「え、何ですか」って言われて、でも咄嗟に「いやこっちは出る杭は打たれないのでとても楽に仕事ができます」って答えたの。いいなぁと思って。

・**体という財産をもっている**

体というものの値段を考えたらみんな億万長者です。最高の働きをしたり、複雑なことを考えたり、人間の体って、すごい機能をもってます。何億円のロボットがびっくりするくらいの機能をもってるの。だから、みんなほんとは億万長者が歩いてるのよね。

・男のように考え、レディーのように振る舞い、犬のように働け

何年か前のウーマンリブの頃、ニューヨークのキャリアウーマンが言ってた心構え。ニューヨークに行ったら、レディーファーストで、男性がすごく女性を大切にしてくれるんですけど、それは男尊女卑なのよって言われて。今の女性にも参考になると思います。

・責任感と筋力の関係

責任感のかたまりになっちゃうと筋肉が固くなっちゃうから、責任感の強い選手は使わないっていうプロ野球の監督の話があったのよ。さっきのイチローの話みたいに、いざっていう時に、ちゃらんぽらんな力、ちゃらんぽらん力っていうかね、リラックスできるようなふてぶてしさがないと使えないって話。

・発見、もっと身近な素晴らしいヒロインに気づきましょう

特にスターっていうことではなく、有名な人でもなく、身近にヒロインがいっぱいいるよってことでしょうね。家族とかお母さんとか実はヒロインだったりする、そういう意味だと解釈しています。

・人と一緒にいる時が、最も孤独な時だ

共和政ローマ末期の哲学者キケロの言葉。

・富める人のほうが内心孤独であることが多いのです

マザー・テレサの言葉。

〈あとがき〉

そんなわけで
どーうか「孤独」を
きらいにならないで。

毎日、美味しい
お水をあげて
丈夫に育ててあげてネ!!
そしたらキット
孤独は、あなたの強い味方となって
あなたを、やさしく、
しんぼう強く、助けてくれる
ことでしょう。
Good luck!!
田村セツコ。

本書は、単行本『孤独ぎらいのひとり好き』を一部再編集して新書版化したものです。

［ミラクル新書版《しんしょばん》］孤独《こどく》ぎらいのひとり好《ず》き

2024年8月15日　初版第1刷発行

著者　田村《たむら》セツコ

発行者　笹田大治
発行所　株式会社興陽館
〒113-0024
東京都文京区西片1-17-8　KSビル
TEL 03-5840-7820
FAX 03-5840-7954
URL https://www.koyokan.co.jp

装丁　長坂勇司（nagasaka design）
校正　新名哲明
編集補助　飯島和歌子＋蔵持英津子
編集人　本田道生

印刷　恵友印刷株式会社
DTP　有限会社天龍社
製本　ナショナル製本協同組合

ISBN978-4-87723-327-3 C0295

おしゃれなおばあさんになる本

田村セツコ

本体 1,388円+税
ISBN978-4-87723-207-8 C0095

年齢を重ねながら美しく、
おしゃれに暮らす「生き方の創意工夫」の知恵！
イラストも満載の一冊です。

孤独をたのしむ本
100のわたしの方法

田村セツコ

本体 1,388円+税
ISBN978-4-87723-226-9 C0095

いつでもどんなときでも
「ひとりの時間」をたのしむコツを知っていたら、
人生はこんなに面白い。

HAPPYおばさんのしあわせな暮らし方

田村セツコ

本体 1,500円+税

ISBN978-4-87723-245-0 C0095

サンリオ『いちご新聞』連載の
「HAPPY おばさん」が単行本となりました。
幸せになれる毎日のちょっとしたコツとカラーイラストが満載!

あなたにあえてよかった

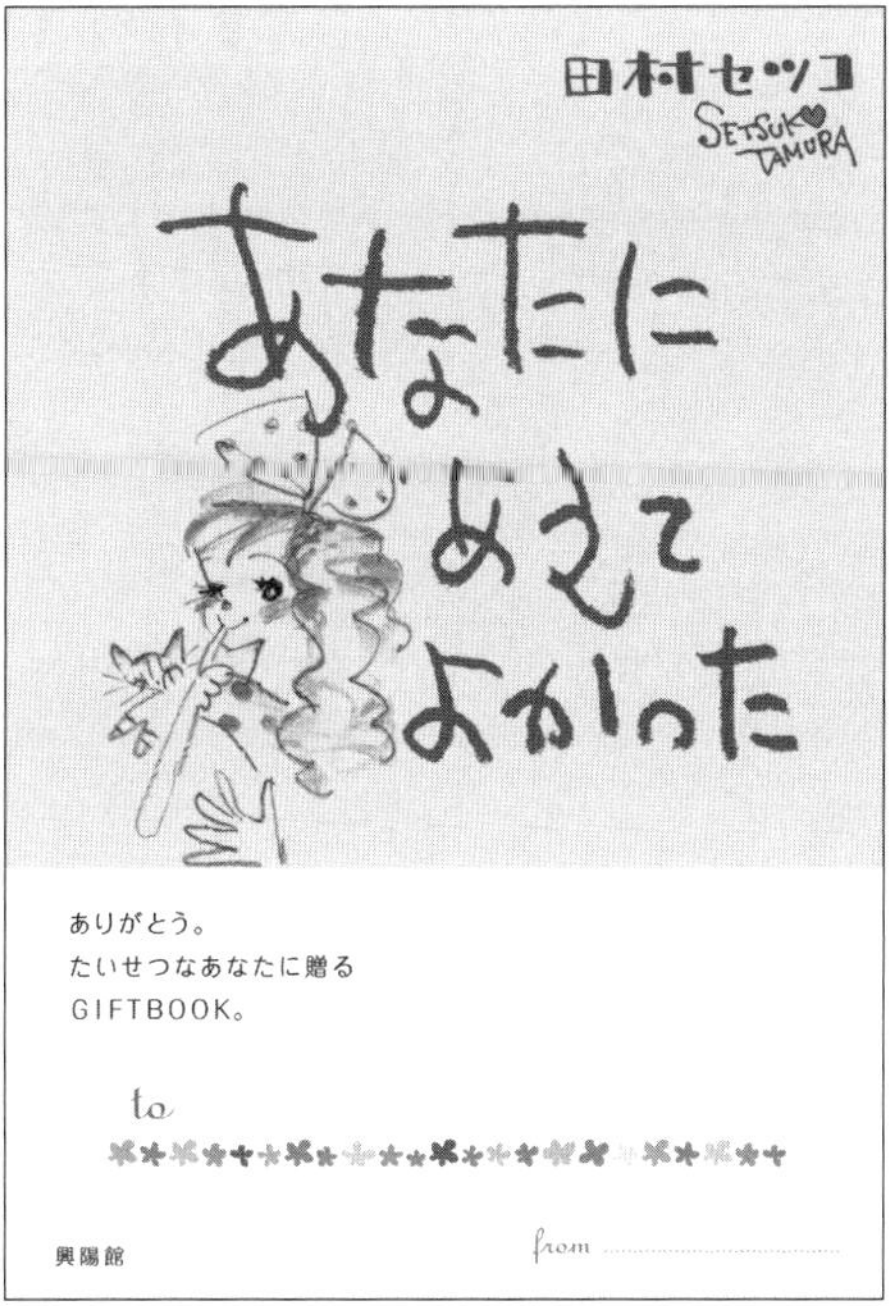

田村セツコ

本体 1,400円+税
ISBN978-4-87723-285-6 C0095

田村セツコさんのイラスト作品とメッセージ。オールカラー！
女の子のあなたに、そしてかつて女の子だったあなたにおくる本。
情景を詩的なかわいい絵で辿ったイラスト画集です。

85歳のひとり暮らし
ありあわせがたのしい工夫生活

田村セツコ

本体 1,300円+税
ISBN978-4-87723-305-1 C0095

お金をつかわずかわいくおしゃれに工夫生活！
85 歳になる田村セツコさんの
素敵なひとりの暮らしかたが詰まった一冊です。